Ⓢ新潮新書

松岡圭祐
MATSUOKA Keisuke

小説家になって億を稼ごう

899

新潮社

はじめに――小説家が儲からないというのは嘘

ユーチューバーをめざす小学生も減少傾向にあります。動画配信すら打ち出の小槌ではないと判明しつつある現在、同じくひとりで創作に勤しむ「小説家」という職業があります。いまだ文章表現だけを武器に、読者の感情を動かそうとする小説は、時代遅れなのでしょうか。

出版不況もあり「売れない」「儲からない」という嘆きを、業界内からも耳にします。今どき専業作家など成り立たないとも言われます。

けれどもこれは事実ではありません。書店をめぐってみましょう。「〇百万部突破！」という帯のなんと多いことか。売り上げ上位の小説家は億単位の年収を稼ぎます。氷山の一角と囁かれますが、それはどの業種でも同じではないでしょうか。現実に小説家の富豪は大勢います。

かつては出版こそが世に影響を与えうる唯一のメディアでした。古めかしく感じられる文芸ですが、二十一世紀でも多くの人々に愛される、時代に左右されない永遠の芸術と言えます。ゆえに小説家は専門職として成り立つのです。ベストセラー作家になれば社会的地位が保証され、出版社にも守られます。同じノマドワーカーでも、顔の見えない運営者によるネットの配信サービスに依存するのとは、大きく状況が異なります。

このように書くと「儲けばかりを考えるのか」「作家はストイックであるべきだ」との異論が上がります。もちろん小説家は、自作の執筆においてストイックであるべきです。本業を他に持ち、小説で稼ぐことなど考えず、趣味がてら好きなものを執筆していくのも、賞賛に値する生き方のひとつです。

でもそれなら、まず商業的に稼げる小説を書いて専業作家となり、一方で自分の好きな小説も書いてみてはどうでしょう。作家として出版社からの信用を獲得すれば、あらゆるジャンルの小説を刊行できるようになります。「軽薄な商業作家として名を売ったのでは、本気で書いた小説の発表に支障がある」というのなら、別のペンネームで刊行すればいいのです。

松岡のような小説など書きたくない、と仰る方もいるかと思います。しかしどうかお

（単位は円）

種類	青色	分離	国出	損失	修正	特農の表示	特農	番号

収入金額等			金額
事業	営業等	㋐	111214785
事業	農業	㋑	
不動産		㋒	
利子		㋓	
配当		㋔	
給与		㋕	
雑	公的年金等	㋖	
雑	その他	㋗	
総合譲渡	短期	㋘	−2868145
総合譲渡	長期	㋙	

税金の

課税される所得金
（⑨−㉕）又は第三
上の㉖に対する税
又は第三表の
配当控
区分
（特定増改築等）住宅借入金等特別控除 区分
政党等寄附金等特別
住宅耐震改修特別控除 住宅特定改修・認定住宅新築等特別税額控除 区分
差引所得税
災害減免
再差引所得税（基準所得税額）

筆者（松岡）が初めて年収1億円を超えた年の確定申告書

待ちください。本書は創作自体をこうだと決めつけるものではありません。作家を志す理由も、すでにご自身の中におありだと思います。

一般文芸、ライトノベル、純文学たる私小説、どのようなジャンルで専業作家をめざすのも貴方の自由です。本書はいかなる小説であっても、その原稿を傑作にし、出版社にコネがなくともデビューができ、大きな収益につなげる——一億を稼いだ作家たちが実践してきた、一般的に知られていない手段を解説するものです。知られざる業界の真実についても明らかにしていきます。

「本当は小説家は儲かる」という事実について、実際に儲かっている当事者らは沈黙を守りがちです。しかし「小説家は儲からない」という風説ばかりが広まると、せっかくの才能ある人々が小説家になるのを断念してしまいます。それは文学全般をつまらなくし、出版不況に拍車をかけてしまいます。

他の小説の指南書とは、かなり内容が違っているかもしれません。本書でご紹介するのは、小説家で「食べていく」のではなく「儲けて富を得る」方法です。それ以外のことは何も載っていません。貴方の小説が大型書店の店頭を飾り、多くの読者を幸せにし、貴方自身が豊かで優雅な暮らしを送る日々を、心から信じております。

小説家になって億を稼ごう❖目次

Ⅰ部　小説家になろう

第一章　売れるための大原則「現代小説とは何か」

書店に並ぶ小説は小説にあらず

貴方が小説家として稼いでいくためには、まず商品である「小説」とは何かを知る必要があります。

小説はいつ、どこで完成すると言えるでしょうか。著者が原稿を書き終えた時の書斎ですか。編集者が「責了」を告げた時ですか。それとも製版時の印刷所ですか。厳密には、小説が小説となるのは本のページ上ではなく、読者の脳内です。

漫画や映像作品にも同じことが言えますが、それらの場合は受け手に対し、さも本物と錯覚させる視覚的イメージが表現の主体となります。その点、小説は物語の理解について、読者の想像力に大きく依存します。五感に直接的に訴えるわけではなく、文章のみで想像を誘発し、読者の脳内に物語を醸成します。著者と読者、ふたりの共同作業により、ひとつの物語が読者の脳内に生みだされるとも言えます。

若者のみならず全世代の「活字離れ」が指摘されたり、漫画や映像作品が表現手段の主流になるのを嘆いたりする声があります。しかしこれらは憂うべき状況ではありません。

そもそも文章で物語を理解するには、前もって「言葉の意味」を知らねばなりません。特に名詞は、それが何であるかという知識を求められます。

視覚的イメージがあふれる現代において、読書時の連想の手がかりは、誰もが目にするテレビ番組、配信動画、イラストや漫画に存在します。平安京当時の宮廷を実際に見たことのある人はいませんが、現代小説は読者が視覚メディアを通じ、すでに獲得したイメージを利用しつつ、読者の脳内に物語を醸成していきます。日常的な恋愛模様を描くにせよ、読者が勤めたことのない職場を舞台にするにせよ、映像のフィクションあるいはノンフィクションにより、読者はすでに視聴覚における無数のイメージを記憶しており、文章表現による描写に対し、具体的かつ明瞭に想起できます。これは登場人物の内面の描写に重きを置いた純文学でも同様です。目に浮かんでくるような情景は、ほとんどが映像メディアの影響下にあります。

かつて活字に親しんだ世代は、意味が分からなくてもおおまかに解釈していくことが、読書の知的な楽しみのひとつだったと懐古します。しかしそれゆえ読書を楽しめる層は、昔のほうが限定されていたとも言えます。情報伝達の不正確さによる弊害もありました。例えば「二の腕」は本来、肘から手首にかけての部分を指す言葉でした。ところが上腕と誤解する読者が多かったため、今では主に上腕を意味するものの、肘から先という意味も残っているという、厄介な表現のひとつになっています。

時代は変わり、読者の映像的連想力をよりストレートに利用する小説も増えました。ほとんどのライトノベルはアニメを多く鑑賞してきた読者を対象としています。読者の脳内に、当人にとって理想的なアニメの世界観を具現化させるべく、あえて文章のみの示唆をもって、物語を伝達する手法とも言えます。

とはいえ小説は、ただの「活字による映像の代用品」ではありません。いわゆる「第四の壁」を意識せざるをえない映像作品に対し、読者の脳が思い描く小説の世界観は、当人にとってより現実的かつ魅力的になりえます。ゆえに時として、いっそう深い没入感を生じさせるのです。ここに読書の醍醐味があります。

ジャーナリスティックなノンフィクション文学であっても、視覚メディアから得た情報が自然に喚起されることで、スムーズな読書が成り立っています。すべての現代小説は映像世代の脳を前提に書かれており、映画が登場する十九世紀以前の文学とは明確に異なります。もはや文学は、漫画や映像作品と対立するものではなく、それらがあってこそ成り立つ芸術です。視覚メディアを通じ、人々は物の名称を知るなど、可視化された知識を貯めこんでいます。この映像から得た知識が、読書の大きな助けとなるため、活字を楽しめる層は昔より広がっていると言えるのです。

四十人中三十九人は顧客対象ではない

しかしそれなら、漫画や映像作品を好む人々は、みな小説読者となりうるでしょうか。誰もが小説を読めば、視覚メディアと同様に楽しめるのでしょうか。

残念ながらそうではありません。それゆえ小説の映画化やドラマ化が存在するのです。本来は文章のみで伝えられるはずの物語を、わざわざ巨額の費用や手間をかけ映像作品にするのは、多くの人々にとって苦手な味の食材を加工し、万人受けする食品に作り替える作業に似ています。

セラピーの現場で、ある特定のセラピストの言葉に耳を傾けながら、最初からすなおに意味を受容できる人々は、一割ていどに限られます。視覚に訴えるイメージに対しては、誰もが受け入れやすいのですが、言葉を解釈しながら脳内にイメージを描くとなると、万人に可能なわざではありません。これは慣ればかりでなく、また学力の優劣とも別問題です。あるていど生まれ持った素質であり、個人差があると考えられます。

読書も同じです。小説好きには何の苦労もないことですが、読書は生来の才能に大きく依存します。能動的に文章を読み進めながら、受動的に内容を解釈せねばならず、しかもそれが楽しみや喜びにつながるとなると、けっして多数派にはなりえません。読者の知性が高ければ、文章の意味を理解する幅は広がるでしょうが、物語に没入できる度合いとは無関係です。小説を読むことを楽しく感じる才能の持ち主は、極めて限定的なのです。この大原則を覚えておいてください。文芸より映像メディアのほうが人気とされるのは、ビジネスの規模ではなく、対象者数の絶対的な差によるものです。

ふだん小説を読まないのに、流行に乗せられ本を買うだけの人は、実は微々たるものです。読書を楽しめない人は本を買いません。

ふたたびセラピーの現場を引き合いに出し、言葉で伝達された物語に没入しうる層を一割ぐらいとすれば、国民の十人にひとり、約千二百万人となります。けれどもそれは赤ん坊からお年寄りまで含む数字です。本を読みうる人と限定すれば大きく減るでしょう。むろんセラピストの言葉をすなおに受容できなくても、読書には夢中になれる層もいるでしょうし、その逆も考えられますが、いずれにせよ読書家は国民のごく一部でしかありません。

事実として日本最大のベストセラー文芸は六百万部ていどです（上下巻を除く）。図書館の利用者や古本の購入者もいますから、実売部数がそのまま読書した人数にはなりません。しかし実売部数以上に愛読者がいるかというと、必ずしもそうとは限りません。読書家であっても、小説家の文体や作風との相性があり、それによって読書時の没入感は違ってきます。最後まで読み進められなかったという読者も常に一定数いるのです。

ある特定の小説家の顧客となりうる層は、どう頑張っても三百万人以下だと理解しておきましょう。極めて特殊な例を除けば、ベストセラー文芸の部数の上限は、ほぼそれぐらいに留まるからです。家族全員が読書好きな家庭はもちろん存在しますが、誰ひとり読書を好まない家庭も、それ以上に存在するのです。貴方にお金を払ってくれる可能性があるのは、最大でも国民の四十人にひとりだけです。残りの三十九人は、本質的に対象外となります。とはいえそれが誰であるかは、本が売れるまで分かりません。

これ以降、まず小説の書き方から解説していきますが、専業作家をめざすからといって、いきなり仕事を辞めないでください。作家一本に絞るのは、印税のみで年収が五百万円を超えてからです。それ以下の年収の専業作家も当然おられますが、現代社会でこれからフリーランスとして独立するからには、やや慎重な姿勢をとるべきです。本業あるいは学業の傍ら小説を執筆し、年収五百万円に到達できるでしょうか？　もちろん貴方にこそ可能です。

年収は二千万から三千万円ぐらいが、最も暮らしやすいとも言われます。しかし当面の目標は一億円以上に置いてください。できるかぎり多くの読者に必要とされたいと願えばこそ、よりよい小説が書けるでしょう。

「趣味で書いていくだけだから」という人も、誰にも言わなくて構いませんので、頭の中で年収一億以上の専業作家となった自分を思い描いてください。本質的には「書く喜びさえあればいい」という信念は、成功のための重要な心構えとなります。

第二章　人々に愛される物語の『想造』とは

脳の需要に脳の供給で応える

前章で、小説が小説となるのは、読者の脳内だと書きました。よって著者たる貴方は、小説を原稿用紙の上で組み立てることに重きを置かず、まずは自分の脳内でしっかり作りあげるべきです。人の脳内で連想しうる物語だからこそ、読者の脳内にも浮かびやすいものになります。

小説家はみな原稿にとりかかるより前に「アイディア出し」の段階がありますが、本書ではアイディアに留まらず、執筆前に脳内で物語をほとんど完成させる方法を解説します。

貴方は小説家として、商業出版の荒波の中を漕ぎださねばなりません。旧態依然とした小説の執筆方法では、多士済々の先達者らに勝つことはできません。ですから前章で解説した現代小説のあり方を基礎に、より多くの現代読者に愛される物語の構築法を身につけていきましょう。

　フィクションを愛する貴方が、空想を嫌いなはずがありません。むしろ得意としているはずです。しかし世の中には、貴方ほどうまく空想できない人がいます。その人の脳内に、貴方の空想力を分け与えるのが、小説家の役割だと思ってください。だからこそ空想の得意な貴方は、もうベストセラー作家への道を歩みだしているのです。

　しかし一方で、ただ空想に浸っているだけの状況は、作業と呼べないのでは、と不安を感じることと思います。それでも気にしないでください。ただちに取材を行ったり、執筆を始めたりするほうが魅力的に感じられるのは、取材メモや原稿など目に見える成果物が生まれるからです。それらはいかにも仕事をしているように自分を錯覚させます。本当の進捗状態は貴方の頭の中にあります。

　脳内で物語を作りだす方法を、本書では『想造《そうぞう》』と呼ぶことにします。小説づくりの肝は、執筆ではなく『想造』にあると思ってください。作業の出発点にして最も重要な段階で、充分に時間もかける必要があります。

　では長編小説の制作に取りかかりましょう。短編一本では出版のしようがありません。

長編なら一冊の本になります。デビュー作（処女作）から印税を得る前提で進めるのです。

小説の指南書にはよく「アイディア」「プロット」「ストーリー」という言葉が出てきます。起承転結の理論を前提に、ミステリーのどんでん返しを盛りこむなど、複雑で凝ったアイディアを考えださねばならないとされます。しかしこの発想法は手垢がつきすぎています。現代読者はよりイノセントで直情的です。技巧にとらわれるよりも、多くの読者にアピールしうる、別の作り方を用いていきましょう。起承転結は、あくまで物語の構造分析のための参考に留めます。

なお小説の題名（タイトル）はまだ決めなくて構いません。どうしてもこれを使いたいという題名が頭に浮かんでいなければ、小説を書き進んでから考えましょう。

顔写真入り登場人物「七人と五人」

いかなる物語も、人間が存在しないことには生まれません。よって登場人物をまず創作します。

貴方の好きな俳優を七人選び、顔写真をネットからダウンロードしましょう。男女比は四対三としますが、男女のどちらをひとり多くするかは貴方の自由です。主人公の性別も同様です。これら俳優たちは、貴方の脳内で登場人物を演じるメインキャストになります。

七人の顔写真それぞれに、貴方が考えた名前をつけましょう。電話帳など名簿から苗字と名を拾い、自由に組み合わせます。ただし登場人物同士の漢字は重ならないようにしてください。小説は氏名で登場人物を区別しますから、一見して分かるようにしておくべきです。

全員を名付け終えたら、Ｗｏｒｄの文書に画像を貼りつけ、その下に登場人物名を大書します。さらに身長や体重、年齢、出身地、職業など、プロフィールを設定していきます。

この段階ではまだ、それぞれの登場人物がどう絡むか、相関関係などは考えず、また何が起きるかも予想せず、ただ貴方好みの登場人物ばかりを作りだしてください。今後『想造』段階と執筆の長い期間、ずっと脳内でつきあうことになるのですから、貴方にとって非常に気に入る存在にしてください。たとえ犯罪者の設定であっても、悪人なりに魅力を感じる人物にしましょう。のちに特定の登場人物について、あれこれ考えるのが嫌になった場合、原因はこの設定段階にあります。

基本的なプロフィール以外にも、七人の顔写真を眺めながら、こういう性格だったら面白いと思えるようなことを足していきます。食べ物の好き嫌い、特技、趣味など、なんでも付け加え、画像と氏名の下に記入していきましょう。

ただし「人生の目標」や「過去のトラウマ」などは掘り下げないでください。物語の可能性の幅を狭めるにはまだ早過ぎます。

登場人物ひとりにつき一枚におさまるようレイアウトし、すべてプリントアウトします。七人の登場人物を、貴方の部屋のよく見える壁に貼りつけます。サスペンス映画に登場する、探偵の調査資料のようなものです（28頁写真参照）。

メインの七人が貼りだされたら、さらに五人、サブの登場人物を作りだします。メインほど華やかではないものの、ひと癖もふた癖もある脇役を揃えましょう。これらサブキャラクターを、メインの七人の下に並べて貼ります。

このやり方は、それぞれの俳優の演技を思い描きやすいため、特に初心者に向いています。より現実的な小説にしたい場合は、ネットで一般人の画像を探し、自分が思い描く人物像に近い顔写真を選びだします。純文学の場合、こちらの方法が適しています。

壁に貼られた『想造』用登場人物や舞台背景の資料

私小説で著者自身を主人公としたい時には、主人公の顔写真は載せず、プロフィールのみを記載します。脇役には顔写真を載せます。

ライトノベルを書きたい場合、貴方がアニメ風の世界観を基調としたいのなら、好みの画風のイラストかアニメのキャラ絵をダウンロードします。既存のアニメキャラに貴方の考えた名と性格を与えても大丈夫です。この段階の資料は外に流出させるわけではありません。キャラは今後、自然に貴方の脳内で、貴方のオリジナルキャラに変異していきます。

舞台設定による登場人物の立体化

次に登場人物たちがどこで動きまわるのか、舞台を設定します。風景写真を三か所、やはりネットからダウンロードし、十二名の登場人物の下に貼りつけます。

デビュー作は「自分の職業に基づいた話のほうがうまく書ける」とか、「自分の生い立ちを元にするべき」とか、いろいろ小説の作法を聞いたことがあるかもしれません。しかし今はそれらにとらわれないでください。『想造』で物語を構築するうち、貴方らしさは自然に出ます。

十二人の登場人物と、三か所の風景が貼られた部屋で、しばし寝起きして過ごします。部屋にいる間はそれらを眺め、登場人物たちの動きを空想します。最初は何の脈絡もなく、AとBが街角で談笑しているとか、そこにCが割って入るとか、ただ情景を思い描くだけで構いません。そこから行動の意味を連想していきましょう。登場人物は誰と誰が友達で、新たに知り合うのは誰で、誰が揉めごとを起こすでしょうか。けっして「物語を作ろう」と力まず、貴方の脳内で登場人物たちに生命を与えてください。それぞれが自発的に動きだすのを待ち、さらにその行方を追うのです。

壁には何も書き加えないでください。登場人物らの関係を、線で結んだりしないでください。まだメモもとってはなりません。何かを書けば『想造』はその形に固定化されてしまいます。少しぐらいなら後で消せばいいと思っていても、メモや書きこみはしだいに蓄積されていきます。あるていどの量に達すると、それでよしと自分を納得させてしまいがちです。しかしそれでは『想造』が第一段階のみの単純さに終始してしまいます。

脳は徐々に『想造』に慣れていき、理性であれこれ考えるのではなく、本能的に夢中になれる段階へと突入していきます。もしそうならず、登場人物がうまく動きださないのであれば、それは貴方が悪いのではありません。キャスティングが間違っています。特に気に入らないキャラを剝がし、新たに別の登場人物を創造して入れ替えましょう。

ストーリー作法などの理論は脇に置き、愛すべき登場人物たちの動きのみを追ってください。現代に生きる貴方には、フィクションのあらゆるパターンがすでに身体に染みついており、意識せずとも物語の序盤はできあがっていきます。理屈ではなく本能に従ってください。それが結果的に読者の脳をも魅了する物語になるのです。

『想造』に顔写真など要らない、そう思うかもしれません。ですが視覚でとらえられる人物には生命が宿るものです。貴方が登場人物を生き生きと思い描いていれば、のちに執筆の段階で、まるで見てきたように文章を綴っていけます。

著者自身を主人公として実体験のように空想するか、それとも登場人物らの織りなす物語を映画のように見物するか、貴方の立ち位置も自由に設定してください。ライトノベルの場合は、アニメの世界観や様式美を踏まえながら、貴方なりの解釈と演出で登場人物を動かしていきましょう。

「こんなことを考えるのは恥ずかしい」「あとで文字にするなんてとてもできない」などと思わないでください。『想造』に自己制限を加えてはなりません。せっかくの斬新なアイディアの芽を潰してしまいます。「初心者の考えるアイディアなど、プロ小説家の誰かがとっくに思いついている」という思いこみも捨ててください。それが事実なら小説はすでに廃れています。

ノンフィクション作家と同じ視点を得る

このように視覚的に思い浮かべた実体験風の空想物語を、脳内でどんどん進行させていきます。翌日になったら、昨日空想した部分も含め、最初からまた順番に想起し直し、さらに新たな展開を付け加えます。数日もすれば、登場人物たちの動きは貴方にとって既成事実となり、生活の一部になっているはずです。

『想造』には十二人全員を登場させるようにします。ただし一週間経っても、空想の中でうまく嚙み合わない、できればいないほうがいいと感じるキャラがいれば、壁から外してください。また新たな登場人物を追加します。メイン七人、サブ五人という人数は減らさないでください。特に初心者の場合、物語が動いていくうえで、最低それぐらいの人数は必要になります。

十二人以外の脇役が必要になってくる時もあります。わずかな出番であれば、顔がはっきりしないままで構わないので、漠然と人物像を思い描いてください。名もなき群衆はいくらでも登場して構いません。ただし、その種のチョイ役は壁に追加しないでください。物語は極力、十二人で動かすようにするのです。

舞台は三箇所以上に増やしていけます。脳内で新たな舞台の登場頻度が高ければ、似た画像をネットで探し、壁に付け足します。

脳内の物語が長尺になりつつあっても、まだメモはとらないでください。一字も書いてはなりません。文章にしようとする時点で自由な発想が失われ、それ以上の空想の広がりが阻害されます。

日々夢想にふけるだけの自分について、馬鹿げたことをしているように思えてくるかもしれません。早く執筆に取りかかりたくもなるでしょう。たしかに執筆に入れば、知的な作業に励んでいる実感を得られます。

　しかし貴方にとって重要なのは、多くの読者を魅了する現代小説を書くことです。『想造』の途中で何かを書いてしまうと、脳の活発な動きがひと休みし、新たな空想が浮かびにくくなります。いちど書いたものを消し、また新たな形に改善するのにも、相当な労力を伴います。一方、脳内に浮かんだイメージを次々に消しては上書きするスピードは、それをはるかに上回ります。そのぶん『想造』は緻密で濃いものになっていきます。

　ノンフィクション作家は、取材で見聞きした出来事をもとに、原稿を綴ります。そこには圧倒的なリアリティが生じます。単なるフィクションでは、ノンフィクションの重量感や迫力に勝てません。よって現代に通用する小説家は、『想造』の中での実体験をもとに、追想して文章表現をすべきです。原稿執筆段階では、ノンフィクション作家と同じ条件になるわけです。

　だから『想造』は物語の最後まで思い描く必要があります。「だいたい固まった。そろそろ原稿に取りかかろう」というのは拙速な判断です。

　メモをとらなければ忘れるという不安に駆られるかもしれません。それでも書かずに過ごしてください。忘れるような内容なら忘れてしまえばいいし、必要ならまたふと思いだすものです。自由な『想造』の段階において、書くことは柔軟性を失わせます。今まで空想してきた流れも、ある日突然変えたくなったりもします。何も書いていなければ、この臨機応変さに何の支障も生じません。

オンラインゲームに興じるぐらいなら、その時間を『想造』にまわしましょう。徐々に『想造』は、貴方にとってゲームと同じぐらい夢中になれるものになり、時間が経つのも忘れられるようになります。ここにはプラスしかありません。想像力が鍛えられるうえ、いずれお金になる原稿につながるのですから。

そのうち貴方の知らないことが出てきたら、調べものをします。のちの執筆時にはきちんと裏付けをとらねばなりませんが、『想造』の段階なら、まだネットで簡単に調べるだけで充分です。SFやファンタジーの場合は、極力調べものをせず、空想だけで乗り切るようにしましょう。それが貴方のオリジナリティにつながります。

なお本格ミステリーを書く場合、『想造』を用いるやり方では、充分に物語の細部が練りあげられないと感じるかもしれません。アイディアメモをとりながら、トリックの試行錯誤を繰り返すほうが、本格ミステリーのあらすじ作りには向いていると思えるでしょう。しかし本書では、本格ミステリーの物語を構築する場合であっても、『想造』をお薦めします。謎解き部分に関しては、次に説明する「逆打《さかう》ちプロット」でロジックを固めるようにしてください。

「逆打ちプロット」は、あらゆるジャンルの小説の、クライマックスから結末までを作るための手法です。本格ミステリーにおけるトリックと謎解きの考案にも向いています。クライマックスに至るまでの物語は『想造』で作り上げていったほうが、登場人物たちに生命を与えられます。読者に対しても吸引力を持つ世界観が作りだせます。

逆打ちプロットとは

登場人物たちの人間関係について『想造』が進めば、そのうち大なり小なり波乱が起きます。そうなったら波乱を乗り越えるすべを、登場人物たちと一緒に考えましょう。波乱それ自体の由々しさを緩和してはなりません。

最初に思い浮かんだ波乱は、まだ起承転結の「転」にあたるほど大きなものではないはずです。納得のいく解決方法を空想しましょう。波乱を乗り越えたことにより、登場人物たちの心理に変化が表れます。つぶさにひとりずつを観察し、現状を把握しておきましょう。

『想造』は部分的に、既存の映画や小説に似た展開をたどるかもしれません。貴方の脳による空想である以上、いままで吸収してきた物語が影響するのは当然です。しかし貴方の人格や知識は、自然に物語全体に反映されていきます。心配せず『想造』を続けてください。

波乱を乗り越えてしばらくしたら、次に登場人物たちをより激しい波乱に直面させましょう。これは『想造』の中で自然に生じてくるはずです。なぜなら心理学で言う「努力逆転の法則」の通り、人は努力すればするほど、望んでいない結果を招いてしまうからです。これは意志力で良い結果をめざそうとも、想像力は悪い結果を思い描きがちであり、両者の葛藤は必ず想像力が勝るという意味でもあります。貴方が正しく登場人物たちを『想造』していれば、波乱の連続はどんどん状況を過酷にしていくはずです。自由に空想できるからといって、いちど起きた波乱はリセットしてはなりません。解決方法が見つかるまで熟考しましょう。

やがてどうしても乗り越えられない波乱にぶつかる時がきます。一週間じっくり考えても解決不可能であれば、そこが本当の「転」、物語の山場だと解釈してください。作者である貴方や登場人物らと同様、読者も絶望を感じる局面です。

解決不可能な難題を解決させるため、ここで初めてメモをとります。パソコンでも、単なるメモ用紙でも構いません。

物語のタイムラインを一気に先に進め、「転」を飛び越し、結末を思い描いてください。今直面している波乱を解決する手段そのものは考えず、ただ未来像として物語の締めくくりを空想するのです。ハッピーエンドでもバッドエンドでも、貴方の好きなように想像してください。これを端的に一行のみにまとめ、Ｗｏｒｄ文書またはメモ用紙の下方に記します。書くことにあまり時間をかけないでください。自分にしか分からないような下手な文章で構いません。

その一行上に、結末に至る少し前の状況を遡って空想し、やはり簡潔に綴ります。さらに一行上に、またわずかに時間を遡った状況を書きます。このように時間を逆行しながら、さっきの「転」の状況に近づけていきます。やがて物語はつながり、上から順に読めば、貴方にも思いつかなかった波乱の解決方法（もしくは解決できなかった行く末）が描きだされています。

これを「逆打ちプロット」と言います。パズル作家は迷路をゴールからスタートへと、逆に作る発想を持ちますが、それとよく似ています。特に推理小説のストーリーを作るのに適した方法です。誰も予想しえなかった納得のいく展開が描きだせます。

『想造』した物語のオリジナリティ

物語を結末まで『想造』しました。でもまだあらすじを書きとめてはなりません。連日、壁の登場人物たちを眺めながら、最初から最後まで順を追って物語を空想し直しましょう。想像の中に浸り切って楽しむことが重要です。そのうちより面白いアイディアを思いついたりします。無駄な部分は忘れ、自然に切り捨てられていきます。

どう書こうか、本当に書けるだろうかという心配などせず、とにかく脳内で『想造』した物語を完結させましょう。物語を連日、繰りかえし想起し、ひとり夢中になって楽しめるレベルにしておくことです。もし思いだすのが苦痛なら、それは物語のつまらなさを意味します。登場人物の一部を入れ替えたうえで『想造』をやり直しましょう。

これまで貴方が時間を潰す時、本を読んだり動画を観たりするより、自分の空想のほうが楽しいと感じたことはありませんか。それなら貴方は間違いなく『想造』の才能に恵まれています。よく「成功を強くイメージすれば実現する」と言われますが、小説家は想像力こそが肝のため、これほど成功のイメージが結果に反映されやすい仕事は他にありません。

人それぞれに個性があり、みな特別な存在です。貴方が『想造』によって紡ぎだした物語は、貴方の性格や経験、知識、嗜好などが結合した、けっして他人には想像しえないものになります。面白くないはずがありません。

第三章　魅力的なあらすじ

あらすじは誰にも見せるな

この段階まで来れば、『想造』した物語は冒頭から結末まで、難なく思い起こせるでしょう。あらすじを書くのにも手間取らないはずです。

あらすじには「物語のテーマ」が内包されていなければならない、と堅苦しく考える人もおられるかもしれません。けれども『想造』を経て物語を作りだしたのなら、貴方が訴えたいテーマは自然に織りこまれています。登場人物が直面する苦難も、その先に見えてきた結末も、貴方の思考に基づく人生のシミュレーションだからです。これが小説の面白さであり醍醐味でもあります。わざわざ哲学的教訓を付け加える必要はありません。

ではあらすじを書き始めましょう。パソコンを使うことが前提になります。Ｗｏｒｄ

ファイルで文章表現は気にせず、『想造』の物語を綴ることになります。書き方はこれから説明しますが、うまく書けなくてもいいどころか、他人が読んで意味不明であっても構いません。擬態語や擬声語は使い放題、単純な形容詞をいくら用いようと大丈夫です。自分が読み返した時、内容を理解できればそれでいいのです。

出版社に企画を持ちこんだことがある人は「プロット（あらすじ）を編集者に見せる必要があるのでは？」と思うでしょう。しかし本書では、編集者に見せるためのプロットについて、小説本編を書き終えてから内容を要約し、別途作ることを推奨します。すなわち編集者にコンタクトをとるのは、小説の原稿を完成させた後です。

貴方は小説家であり、小説を生業とします。商売には、売るべき商品を持つ必要があります。小説家にとっての商品とは、完成原稿でしかありません。商品がまだ脳にあるだけの段階で取引に臨めば、非常に不利を強いられることは明らかでしょう。

のちほど詳しく説明しますが、貴方に出版社勤めの知り合いがいなくても構いません。いっさい面識のない編集者に原稿を見てもらうことは可能です。ただし貴方が編集者と接触した場合、編集者がどう反応するのか、ここで前もってお教えします。編集者はこう言います、「まずあらすじか、目次か、とにかく内容がひと目で分かるものを送ってください」と。

もし貴方の手もとに完成原稿がなければ、編集者の希望に添うよう、あらすじを修正することを余儀なくされます。何度となくあらすじに手を加えては、編集会議の結果を待つのが日常になります。あらすじをいじくりまわし、執筆の承認を受けることだけが目標になってしまいます。

するといざ承認を受け、原稿を執筆する段階になって途方に暮れるでしょう。貴方の脳内から自然に出てきたプロットでもないのに、それに基づいて小説を書こうと思っても、最適な文章表現など思い浮かびません。あらすじ通りの小説にするため、ああでもないこうでもないと、ひたすら頭を悩ませることになります。これでは下請けと変わりません。何が面白いのか自分で分からない原稿で、仮に出版に漕ぎ着けたとしても、次もまた同じような下請け仕事をまわされるだけです。これでは「儲かる小説家」になれません。なにより貴方自身が幸せではありません。

編集者があらすじのみを要求してこようとも、貴方はあらすじと一緒に完成原稿を送るべきです。編集者は歓迎します。けっして迷惑には思いません。なぜなら商品としての可否を即座に判断できるからです。

気をつけていただきたいのは、面識のなかった編集者と電話やメールでやりとりできたからといって、出版が確約されたと思わないことです。特にビジネスの経験者に多いのですが、電話をかけるまで編集者が相手をしてくれるかどうかビクビクしていた分、愛想よく「企画を検討します」と言われると、もう話が進んだと思ってしまいがちです。編集者は原則的に「来るものは拒まず」のスタンスですから、初心者がコンタクトをとってきたとしても、突っぱねないのが普通です。編集者とやりとりできたとしても、それだけではまだ何も成し遂げてはいません。

編集者が原稿を必ずしも敬遠しないのには明白な理由があります。それはあらすじにしろ原稿にしろ、可否を数秒で判断できるため、たいして時間の浪費にならないからです。これについて詳細は後述します。本書の内容を踏まえて原稿を執筆すれば、ただちにゴミ箱に捨てられることはまずありません。

原稿を書かず、編集者の指示通り、あらすじのみを送って、了承されたら原稿にとりかかるというやり方は、ノンフィクションや実用本ならありうるのですが、小説ではお薦めできません。

なぜならあらすじは、原稿を書き進むうちに変化してくる可能性が高いからです。執筆の終盤になって、設定の根本的なところを変えたくなったりもします。ほぼ完成した作品の主人公を大人から子供に変えたり、男から女に変えたりできるのは小説だけです。漫画では描き直しに手間がかかるし、映像作品の場合は途方もなく経費がかかるでしょう。小説の強みのひとつは、それが比較的容易に可能になることです。

作品をより良くできるかもしれないのに、あらすじを編集者が了承したという前提で原稿を書くとなると、その内容に縛られてしまいます。よってあらすじは誰にも見せず、まず原稿を書き上げてしまうべきです。

四十字×三行で物語を表現する

「何の約束もないうちから長編を完成させろと言うのか」「ただ働きになったらどうする」と仰るかもしれません。けれども「商売」を考えれば、商品がない段階では編集者も何ひとつ確約できない、というのはお分かりになると思います。なにより貴方にとって一方的に不利な取引になってしまいます。

完成原稿さえあれば、一社で断られてもまた一社と、およそ出版社の数だけチャレンジできます。売り込みの方法は後述しますが、原稿が書き上がっていれば、最悪でも無収入ということはありえません。すべての出版社に断られてもなお、ＫＤＰ（キンドル・ダイレクト・パブリッシング）という手があるからです。

原稿を書く前にあらすじを編集者に見せるべきでない、もうひとつの理由があります。あらすじがよくできていて、編集者が褒めてくれた時点で、著者の創作意欲が満たされてしまい、小説を書く情熱が失われてしまうのです。これはすでに何作か出版できたプロに多く見られます。自分の考えた物語が編集者に受け入れられると、達成感とともに緊張が解けることが原因のようです。完成原稿こそが小説です。編集者に内容の是非を問うのは、やはり原稿を書き上げてからにしましょう。

『想造』で編みだした物語を、自分だけが理解できる文章で、途中で思い悩んだりせず、なるべく早く書き上げます。

あらすじを書く段階では、すでに原稿の下地になることを意識しておかねばなりません。頭から書くよりは、貴方の中に『想造』した物語があるのですから、まずそれを三行にまとめます。

ひとつの行は四十字以内、どれも「５Ｗ１Ｈ」で書くようにしてください。すなわち「誰が」「いつ」「どこで」「何を」「なぜ」「どのように」だけは、一行ごとにきちんと踏まえて書くようにします。後で原稿にする時に大きな助けとなります。国語的に美しく整った文章である必要はありません。自分が分かればそれでいいのです。

それら三行を読み返しましょう。『想造』した物語全体が、三行で端的に表されているでしょうか。一行目と二行目で状況は大きく変化していますか。変化に乏しかったら、二行目に書いてあるのは本来、一行目に含むべき要素です。二行を一行にまとめ、三行目を二行に分解しましょう。二行目と三行目の内容の変化は、より大きくなっているのを確認してください。各行の要素は重複していたり、また逆に何か重要なことが抜け落ちたりしていませんか。

一行が四十字では足りないと思えたら、それは書き過ぎです。ＳＮＳの字数制限で削らねばならない時と同じく、無理にでも縮めてください。文法が崩れようと気にしないでください。「三行では物語の面白さは表現できない」のは当然です。読んでみて面白くなくても構いません。各段階を面白くするための要素は、まだ貴方の頭の中にあります。今はただ物語の構造だけを三行に示すのみです。

物語を極端に短く要約すると、間違いなくこうなると思えるうえ、各行とも明確に変化しているのなら、それらが物語の「三幕構成（三部構成）」です。

三幕構成は「第一幕＝設定」「第二幕＝対立」「第三幕＝解決」です。三行を読み返せば、それぞれの要素が当てはまるはずです。『想造』段階で登場人物とともに波乱を乗り越えたことで、三幕構成に分かれる物語が、すでに構築できているのです。

自然で確実な『想造』のアウトプット

三行はいずれも三幕の見出しです。行間をそれぞれ開けます。一行目と二行目の間は十行、二行目と三行目の間は二十行にします。

これは第二幕が第一幕の倍の長さになるからです。三行目から下はまた第一幕と同じ長さ、十行だと思ってください。第一幕が25％、第二幕が50％、第三幕が25％ぐらいの長さと考えます。

『想造』の物語を脳内再生しながら、三幕それぞれの要素を書きこんでいきます。第一幕は十行、やはり一行の長さは四十字で、５Ｗ１Ｈの文章にします。十行で第一幕のすべてを書き終えるようにしてください。

貴方の頭の中には、物語のそれぞれの段階で、より細かな要素が浮かんでいるはずです。それでもまだ詳細は省き、重要な事柄のみを優先しながら、一行四十字、十行でまとめましょう。脳内に留まっている情景や登場人物の心情などを、あわててアウトプットする必要はありません。それらは消えずに残っているうえ、思い返すたび洗練されていきますから、けっして焦って書こうとしないでください。

第二幕は倍の二十行を書きます。見出しに要約された第二幕の物語を、二十段階に分けるのです。すべての行が5W1Hの文章になっていることを、あらためて確認してください。そこさえ押さえていれば、文章が稚拙であっても構いません。「ドキドキした」「ガーンとなった」など、まだ原稿ではないのですから、自分で分かれば大丈夫です。

最後に第三幕を十行書きます。この十行目で『想造』した物語をきちんと終わらせましょう。

物語の三幕構成には、もっと複雑な理論が語られたりしますが、ここでは『想造』の物語を整理し、バランスよく配分するためだけに用います。作劇法を前提に物語を考えだした場合、人の心の温かみに欠けた、ただ物語のための物語が創造されてしまいます。『想造』により脳内で物語を完成させておけば、登場人物は生き生きと描写されます。内面を浮き彫りにすることに長けた「文芸」において不可欠な要素です。

あらすじ作成の最終段階です。各行の間に、その状況で思い浮かぶあらゆる事柄を書き加えます。もう四十字という字数制限は要りません。５Ｗ１Ｈの原則も不要です。どの行間も思いつくまま、頭の中にあるすべてを羅列してください。場所、情景、聞こえる音、人物の顔や服装、何を考えているか、何が起きたのか、そこに何があるのか、どう思ったか、どう感じたか。これらも文章を整えることなく、形容詞と名詞のみであっても、体言止めでも構いません。第一幕の一行目から順に想起する必要すらありません。思いついた箇所を次々と埋めていきます。どの行間がどれだけ膨れあがっても大丈夫です。三幕それぞれの面積の比率が変わっても気にしないでください。もう物語の流れの適正な配分は終わっているので、原稿を執筆した時には、また自然にバランスのとれた三部構成になります（小説になるので、執筆以降は三幕でなく三部と呼ぶことにします）。今は『想造』したすべてを肉付けしていくことに徹しましょう。

何もかも書きこんだ時点で、他人からすると極端に読みづらい、まるで整っていない文章の羅列ができあがりました。分量は五ページ分かもしれないし、五十ページ分に及んだかもしれません。自由に書いたのだから結果は人それぞれです。短く書いた場合であっても、より詳細な情報が貴方の脳内に残っており、それぞれのシチュエーションで思い描けるはずです。

最初から最後までをざっと読みましょう。思い浮かんだことが書かれていないと気づいた箇所に、さらに書き足します。絵画に絵の具を載せていくように、あらすじ全体を厚塗りしていきます。

ここまでの段階で、けっして文才を発揮しようとはしないでください。物書きのプライドから文章を整えようとしてはいけません。綺麗な文体は一見読みやすく、何かを作りあげた気にさせますが、自由な『想造』についてはねじ曲げられがちです。文章表現にこだわるのは、次章で紹介する執筆の段階です。絶対に先走らないようにしましょう。

Ｗｏｒｄ文書をプリントアウトし、用紙の束をクリップでとめてください。いよいよ小説家になる準備が整いました。これから小説の執筆に入ります。

第四章　おもてなしの精神に満ちた執筆方法

どの出版社の編集者もＷｏｒｄを用いる

小説の執筆にとりかかる前に、あらすじを一読しましょう。あらかじめ調査が必要な事柄をピックアップします。専門知識について、概要はネットで調べればいいのですが、原稿執筆に際しては本格的な資料を入手せねばなりません。

　とはいえデビュー作にはさほど経費をかけられませんから、主に図書館を利用しましょう。重要な箇所だけコピーをとります。現実感にこだわるのであれば、ひとつの情報について、最低でも三つのソースからエビデンスを得ましょう。舞台となる場所が貴方の行ける範囲なら、いちどは足を運んでおくべきです。現地の写真も撮っておきましょう。行ける場所なのにグーグルアースで済ませるのは好ましくありません。現地の環境のすべては、実際にその場に立たなければ分からないものです。

ただし物語によっては、現実の情報をあえてねじ曲げたり、いっさい無視して独自の世界観を構築したりすることもあります。フィクションの場合、そうした工夫はむしろ小説を面白くします。貴方の創作するアイディアに、こうと決まったルールはありません。

原稿を書くにあたり、小説の例文となる本を数冊用意しましょう。これは貴方が尊敬する作家の、特に文章表現に長けていると感心した本に限ります。世間の基準ではなく、貴方自身が決めてください。貴方が書きたい作品が時代小説なら、手本も時代小説にします。ライトノベルなら、手本もライトノベルにしましょう。

手本の小説は文章表現の参考にするだけに留めます。どうしても似てきてしまうことはありますが、最初から意識的にセンテンスを引用するのはやめましょう。

なお「プロの書いた小説を、そのまま書き写すトレーニングを積めば文章力が上がる」というのは俗説です。文章を組み立てる時には脳の前頭葉、とりわけ文法を考える時に前頭葉下部の働きが活発になりますが、書き写すだけの作業時には主に左脳が使われます。思考自体が異なるので意味がありません。単に何度も読み返したほうが、文章表現のコツはよほど身につきます。

執筆に入る前に、あらすじを元に題名を考えてください。これはまだ仮題で、原稿を書き上げた後、変更しても構いません。

小説とは心理学で言う「ブラックボックス効果」の強い商品です。すなわち映像や音楽のようにサンプルを簡単に視聴できるわけでなく、読み進めないと善し悪しが分からないため、未知の物（とそこに伴う経験）への期待感を煽ります。消費者にとっては、ひとまず題名だけが、小説を買う買わないの判断材料になります。ブラックボックス効果を考慮のうえ、興味を引けそうな題名を考案してください。

原稿執筆にはＷｏｒｄファイルを用いましょう。現在はどの出版社の編集者もＷｏｒｄを使用しているため、脱稿後にファイルを変換する必要がなく、そのままメールに添付して送れるからです。Ｗｏｒｄの機能「ルビ」なども生かせます。

小説の書き方の基本原則

すでに小説読者である貴方は、小説の文章表現のルールについて、よくご存じのことと思います。段落の最初は一字下げます。台詞の〝「〟が文頭に来る場合は下げません。台詞の文末には句読点が不要で、「そう聞いたよ」のように〝」〟だけで締めくくります。

「…」を三点リーダーと言いますが、これは「しかし……」のように、二文字分使います。感嘆符の後は「行け！　いますぐ」のように一字空けます。〝！〟や〝？〟は多用しすぎないようにします。感嘆符や句読点の他、〝」〟などは行の頭には置きませんが、これについてはＷｏｒｄが自動的に調整してくれます。

あらすじでは擬態語・擬声語を使い放題としましたが、原稿執筆の段階では控えねばなりません。擬態語や擬声語は、それが最も伝わりやすいと感じる箇所のみとし、他は直接的もしくは比喩的な文章表現を用いましょう。ただしライトノベルでは、擬態語や擬声語を多めに用いることが様式美となる場合もあります。手本の小説を参考にしてください。

作中の単語に関し、表記を統一するという原則も聞きますが、これはケースバイケースです。ある部分で「一人」と書いたから、他の部分で「ひとり」あるいは「独り」と書いてはならないというわけではありません。それがその箇所における文章表現としてふさわしい時には、そのように書くべきです。すなわち漢字変換はＷｏｒｄまかせにしてはなりません。出版業界では、漢字にすることを「閉じる」、ひらがなにすることを「開く」と言いますが、それらは自分の表現したいように、ひとつずつ手作業で行います。男性の一人称を「私」、女性の一人称は「わたし」と使い分ける作風もあります。

漢数字とアラビア数字も同様です。ある部分で漢数字を使ったからと言って、作中すべての数字を漢数字に統一する必要はありません。特に機材の製造番号など、漢数字にすると不自然な場合、使い分けたほうがよいでしょう。

台詞以外の文章を「地の文」と言います。一般社会で人は苗字で呼び合うことが多いため、台詞では苗字が多く使われます。しかし地の文では、男性の三人称のみ苗字のままにし、女性の三人称は下の名で表記すると、性別が分かりやすくなります。凜田莉子《りんだりこ》（女性）、小笠原悠斗《おがさわらゆうと》（男性）という登場人物がいるとすれば〝莉子は小笠原を見つめた。〟となります。これもまたケースバイケースですから、貴方にとって納得のいく表現方法を用いてください。

地の文はまず情景を伝え、次に人物を描写し、それから会話など人物の動きに移ります。いきなり台詞から入ったり、誰だか分からない人物の動きを描いたりするような書き出しもあるにはあるのですが、なるべく順を追って分かりやすく説明するほうが、初心者にとって失敗がありません。

映像作品であれば、いきなり登場人物が画面に登場しても、視覚的な情報によりあらゆる状況が理解できます。しかし小説の場合、昼なのか夜なのか、室内か屋外か、人物が何者でどんな風体か、一瞬ですべての情報を伝えるのは困難です。よって視覚がとらえやすい情報から順に書きましょう。冒頭に〝午後の陽射しが降り注ぐ、寂れた公園の一角で……〟と書けば、視野を想像しやすくなります。情景をスケッチするがごとく、文章表現を用いながら描写していきましょう。次いで〝微風が頰を撫でていった。〟と綴れば、情景とともに、視点となる誰かの存在が浮かびあがります。

たとえ三人称であっても、ひとつの章のあいだは、視点を誰かひとりに統一しましょう。漫画や映像作品では、ひとつのシーン内で視点が自由に切り替わったりしますが、小説の場合は読みづらくなるだけです。〝身勝手な人だ、と莉子は思った。だが小笠原自身は、特に気にしていなかった。〟と書いたのでは、最初に莉子の内面、次に小笠原の内面と、ふたりの内面が描写されてしまっています。視点が急に別の人間に移っているのです。こういう場合はどちらかひとりの視点に絞りましょう。莉子の視点にした場合には〝身勝手な人だ、と莉子は思った。黙って小笠原をじっと見つめる。まるで意に介さない表情がそこにあった。〟などと表現できます。

視点の描写にうるさいのは、中高年の作家や編集者だと言われます。新人賞の応募作の選考において、文中の視点が定まっていなければ減点対象になるようです。しかしこれも過剰に意識しないでください。ライトノベルでは自由な表現が日々模索されていきます。他の芸術と同様、文芸の表現方法も前衛だったものが、やがて新たな定石となっていきます。絶対にこうでなければならないという雛形は、もはや存在しません。

例文は、手本として用意した二、三冊を参照してください。貴方が文章表現に感心したことのある小説ばかりを選んだはずですから、貴方にとって最良の例文は、それらの本以外にありません。

執筆がうまくいかない時の対処法

文章表現がスケッチに似ている一方、執筆作業はデッサンに近いと言えます。最初に書いた文章が整っている必要はありません。パソコン上で何度も手を加えながら、しだいに体裁を整えていくのが普通です。読み返しては直していく、これは現代人ならSNSやメールでお馴染みの作業です。機械の力に大きく依存しているのは確かですが、結果として現代人の文章は洗練されています。これも誰もが小説家になりうるという根拠のひとつです。

初心者は書き出しに苦労すると言いますが、貴方が『想造』により、しっかり物語の冒頭から結末まで思い描けているのなら、ほとんど苦労はないでしょう。取材を終えてきたノンフィクション作家と同様、何を書くべきかはすでに明白になっているからです。これが『想造』先行型の執筆と、従来の「先を考えながらの執筆」との大きな差です。文章の勢いが違ってくるうえ、無駄な描写も省かれ、読者にとって読みやすい小説となります。

それでも書き出しは重要ですが、その一文を編みだす苦労が、執筆中ずっと続くわけではありません。

最初の一文しか読まれていない時、読者にとって貴方の小説は、その一文がすべてです。冒頭一ページを読んだら、その一ページが貴方の小説のすべてになります。と同時にページ内の一文ずつの存在感は軽減します。三十ページまで読んだ時点では、読者にとって一ページとは小説の三十分の一にすぎなくなり、当初よりは比重が軽くなります。よって小説冒頭の一文と、途中にある一文とが、同じ重みを持つはずがないのです。

人生においても、幼少期には一年を長く感じます。四歳児にとって一年とは、人生の四分の一だからです。十歳なら十分の一、二十歳なら二十分の一と、人生における一年の重みは軽減されていきます。年をとると時が経つのを早く感じるのもそのせいです。

読書も同じです。小説の冒頭の一文は、それがその時点で小説のすべてである以上、心血を注ぐべきです。しかし一文ずつの比重は軽くなっていくのですから、表現は徐々に簡素化していったほうが、後半には読みやすいと受けとられます。

『想造』段階を経てあらすじを書き、小説本編の執筆に臨んでいれば、執筆中に行き詰まることはまずないと思います。けれども文章表現に悩んでふと手がとまり、煮詰まったと感じることはあるでしょう。書き進められなくなった時には、思い切ってそこまでの数行、あるいは段落ごと消しましょう。なぜなら貴方は袋小路に迷いこんでしまったのと同じ状況だからです。いくら壁を叩いても進路が開けないということは、そこは行き止まりです。その前の分岐まで戻ることです。

初心者の場合、せっかく『想造』段階で創作したキャラクターが、小説の執筆時にはうまく思い描けなくなったりします。これは執筆の苦労に脳の領域が奪われているせいです。『想造』段階では、たしかに女優の北川景子さんが演じている主人公を想像できていたのに、執筆中にはその顔すら思い浮かばないという事態に陥ります。

こんな時には、あらためて壁に貼られた紙を眺めるのも効果的ですが、どうしてもうまく想像できないのなら、小説それ自体を俳優名で執筆してください。あとで「北川」と「景子」をそれぞれ一括変換し、自作の登場人物名に変えればよいのです。ただし氏名とは関係のない文中に、思わぬ変換が生じたりする場合もありますから注意しましょう。「安室《あむろ》」という苗字を「山寺《やまでら》」に一括変換すると、「霊安室《れいあんしつ》」も「霊山寺《れいざんじ》」になってしまいます。

一日の執筆ノルマを決める必要はありません。仕事帰りの疲れている時に、無理に書き進んだとしても、クオリティが低ければ後で直さねばなりません。貴方は芸術作品を作ると同時に、商品を製造しているのです。粗悪品を作ったのでは商取引が難しくなります。

Ｗｏｒｄで十万字以上を書きましょう。それが文庫一冊の小説になりうる最低限の分量です。新人賞に応募する場合は、募集要項に載っている「原稿用紙の枚数制限」を守りましょう。枚数をＷｏｒｄ原稿の字数に換算してください。四百字詰め原稿用紙二百五十枚で十万字になります。

執筆の終盤に異様な興奮があれば、あらすじの小説化がうまくいっている証拠です。完成したら、当初の三部構成通りの配分になっているか確かめましょう。十万字の小説なら、第一部と第三部にあたる箇所が二万五千字ぐらい、第二部が約五万字になっていますか。極端に分量の差がある場合は調整してください。特に処女作の場合は強制された課題と思って取り組みましょう。分量を調整しながら書き直せば、確実に作品の出来が向上します。面白い小説がベストセラーになる小説です。

自分ひとりに終わらない「推敲」

書いた原稿は常に複数のＵＳＢメモリに保存します。さらにメールにファイルを添付し、自分のメールアドレス宛てに送っておきます。メールサーバーがクラウドにある場合、そちらにも保存されるため、不慮の事故が起きた場合も原稿を失わずに済みます。

　前日に書いた分について、翌日分を書くより前に、まず推敲します。できればパソコンをＨＤＭＩケーブルで大きなテレビにつなぎ、大画面で原稿を見直してください。文字を大きく表示すれば誤字脱字も見つかりやすくなります（上の写真参照）。

大画面テレビにWord原稿を
表示すれば推敲しやすい

物語の流れの矛盾点を探すのと、文章表現を改めること、誤字脱字の発見はそれぞれ趣旨の異なる推敲になります。脳の働く部位も微妙に違ってきます。しかしそれらもすべて「推敲」でひと括りになってしまうので、冒頭から原稿を読み返しながら、何もかも見つけだそうとすると、当然ながら見落としが発生します。

よって「物語の流れの矛盾点を探す」ためには最初から読むのですが、「文章表現を改める」ための推敲は、最終章から逆に遡って読んでいくのをお薦めします。こうすれば物語を追うのは気にならなくなり、言いまわしのおかしな点のみを発見し、よりよい表現に改善することに集中できます。

「誤字脱字の発見」のためには、各章の最後の行から前へと目を移していってください。「物語の流れ」と「文章表現」に気を取られることなく、誤字脱字にのみ注意を向けられます。

三種の推敲を同時に行ってはいけないという意味ではありません。「物語の流れの矛盾点」を探すため、冒頭から順に読みながら、改善すべき「文章表現」や「誤字脱字」が見つかった場合、当然その場で直します。最終章や最後の行から遡るのは、あくまで推敲の精度を上げるためだと考えてください。

文章の推敲例を、小説の指南書で見かけることがあります。眺めれば分かった気にはなれますが、貴方の文章力は上達しません。自分の書いた文章を編集者が添削してくれて、初めて成長につながります。

もし貴方がすでに編集者とやりとりしているのなら、校閲の鉛筆が入った原稿が送り返されてくる、そんな状況を経験済みと思います。修正後の文章が書いてある場合、それに納得がいくのなら、その通りに書き直しましょう。時に編集者が「？」とだけ大書する場合があります。これは作中に大きな矛盾点やミスがあるので、著者が自分で考えるよう求めているのです。編集者が校閲してくれた箇所を参考に、自分なりにリライトするしかありません。やりとりしているうちに、分からなかったことが分かってきます。

まだ編集者と知り合いでない場合、貴方はどうすればいいでしょうか。ネット上にはフリーの編集者が添削を受け付けるサービスがあります。有料ですが有意義です。成功前の先行投資と呼べるほどの大金ではないので、文章力を向上させるため利用すべきです。ただし、どうしても費用が捻出できなくても、あきらめる必要はありません。

先にお金をかけない方法について触れておきます。ネットの無料質問掲示板などに、貴方の文章を数行分貼りつけ、「作家を目指しているので添削してください」と頼みましょう。もちろん掲示板の利用規約に準じねばなりません。横柄な人が茶々を入れてくるかもしれませんが、気にしないでください。その掲示板の閲覧者が多ければ、数日中には添削してくれる人が現れます。世間には校閲のプロになるべく修行を積んでいて、練習問題を必要としている人もいるからです。直された箇所をじっくり読み直し、意味を理解しましょう。もちろんお礼を書くのを忘れないでください。小説の全文を次々に貼りつけ、助言を求めるのは好ましくありませんが、数行だけなら二回は許されるでしょう。その貴重な二回のうちに推敲を学ばねばなりません。なるべく本好きが多く来そうな掲示板で、迷惑にならない範囲で行ってください。

これはミュージシャンのストリートライブのようなものです。貴方は顔や実名を晒してはいないのですから、堂々と実行してください。登場人物名を変えておけば、後日たどられることもありません。もし小説が発売された後、誰かに気づかれたとしても、取るに足らないことでしょう。貴方の必死の努力に対し、皆きっと刊行を祝福してくれます。もし貴方がそう思えないのなら、ネットのネガティブな部分ばかり見過ぎています。世の中は匿名であっても善意ある人がほとんどです。

まとまった文章を添削してほしい場合は、自前のブログを開設し、一章を丸ごと発表したうえ、掲示板に「どなたか添削していただけませんか」と書き込んで、ブログにリンクを貼りましょう。

「小説家になろう（https://syosetu.com）」や「カクヨム（https://kakuyomu.jp）」に投稿すれば、より率直な感想がもらえますが、添削に限定し助言を求めることは問題です。こうした小説投稿プラットフォームは、上位になれば出版社から声がかかるほどの、重要な作品発表の場だからです。「ノベルバ（https://novelba.com）」のようにPV（ページビュー）で報酬が支払われるサイトは、いっそうその色合いを濃くします。貴方がまだ添削を求める段階なら、これらへの投稿は控え、あくまで自前のブログなどで、ネット上の善意ある人々の助言を頼るようにしましょう。どうしても人が来てくれないというのなら、やはり有料の校閲サービスを利用するべきです。

「小説　添削　サービス」などのワードでインターネット検索しましょう。フリーのライターや編集者が行う個人サービスなら安く利用できます。二万字で三千円から五千円ぐらいです。文庫一冊分の最低限の分量、十万字で一万五千円から三万円ほどになります。

いくつかの章のみ添削してもらい、推敲の要領を学んで後は自分で行うか、作品全体を添削してもらうかは貴方の自由です。ただし添削者によってクオリティの差やセンスの違いがあります。最初はひとつの章のみ、いくつかのサービスに依頼し、貴方にとって納得のいく添削を行ってくれるサービスを選ぶべきです。安いからといってクオリティが低いとは限らないし、その逆もまたしかりです。

くれぐれも添削の通りに直すだけに留まらないでください。貴方はこのサービスを通じ、小説を手直ししていくとともに、推敲のコツを学ぶのです。読者が読みたいのは貴方の作品です。貴方が思考を働かせていない箇所があったら、それはもう貴方の小説とは呼べません。

「よい書き手はよい読み手」の嘘

文章力を上げるために、たくさん読書をすべきという人がいます。「よい書き手になるには、よい読み手にならねばならない」と決めつける声もあります。

しかし読書嫌いのアニメ好きでありながら、ラノベ作家として富を築いた人は複数います。そんな彼らの作品を邪道呼ばわりするのは、抽象絵画をでたらめだと言うのと同じです。新規の創作には、過去のいかなる常識も当てにはなりません。新たな成功が新たな常識を作ります。

第一章でも書いたように、読書を楽しめるのは、ほぼ先天的と言える特殊な才能です。それは必ずしも書き手の才能とは一致しません。食通が料理人になれるわけでないのと同じです。

もちろんなるべく読書はしたほうがいいのですが、小説家になるための勉強としては、なんでも手当たりしだいに読むのではなく、貴方が文章表現の手本に選んだ二、三冊を、繰り返し何度も読むのが適しています。何十回、何百回、それこそ先に何が書いてあるのかを、暗記してしまうぐらい読みましょう。

他の作家とは比較せず、ライバルは常に自分だと思ってください。小説は一定のボーダーライン以上なら合格というものではありません。「あんな作品が出版されているのに、なぜ私のが出版されないんだ」と嘆いても無意味です。求められているのは、これまでにない、斬新で面白い小説です。それが人気を獲得し、よく売れて、初めて世間も認めてくれます。

儲かる専業作家になれる割合を計算するのも無駄な行為です。新人賞の受賞確率が数パーセント以下と報じられていたとしても、貴方は宝くじを買うわけではありません。

貴方ならではの作品を、充分に時間をかけて生みだしたうえで応募できるのです。上位の数パーセントに貴方が入ればいいだけの話です。貴方の『想造』した物語の持つ可能性は、他の誰にも否定できません。

第五章　貴方の小説をリリースする方法

小説をどうやって世に出すのか

推敲が完了し、原稿が完成しました。これから他人に作品を評価されることになるわけですが、その前にもう一度、自分の小説を読み返しましょう。

今後誰かに読んでもらうとして、もしよい評価が得られないとしたら、それは執筆ではなく『想造』の段階に問題があることが多いのです。文章力については、新人であることが考慮されますし、現代人の文章力はパソコンの力も借りながら向上しているうえ、推敲も経ているはずです。書き直しを求められたら『想造』の段階に戻って、もっと自由に、夢中になって空想に浸りましょう。物語全体ではなく、いくつかの章についてリライトしたくなるはずです。それらを原稿に反映させ、ふたたび読んでもらいます。

貴方の手元には完成原稿と、それをまとめたあらすじがあります。今度のあらすじは、第三者が読んでも意味がわかるよう、きちんと丁寧に書きます。プロ小説家としてデビューをめざす方法は主に三つ、「編集者への売り込み」「新人賞への応募」「小説投稿サイトの利用」です。

文学新人賞応募とK-POPの共通点

まず新人賞への応募から説明します。大手出版社の権威ある新人賞に狙いを定めて応募しましょう。聞いたこともない、あるいは非常にマニアックと思われる出版社の新人賞は見送りましょう。

事前に募集要項をよく読みます。「出版に際しては規定の印税が支払われる」と書いてある公募のみに絞ってください。この文言がなければ、受賞作を発売した時の報酬は、賞金に込みになるかもしれません。どんなに売れても著者に印税が入りません。小説自体が出版社に買いとられてしまうリスクもあります。

貴方が法律に詳しくなければ「出版権は出版社に帰属」などと書かれた部分を、ネットの質問掲示板に貼りつけ、どういう意味なのか尋ねてください。重要な著作権の「財産権」について、曖昧にしている募集要項はよく見かけます。「著作権は著作者、作品の出版権は主催者」にあるとする、不可解な文章も目につきます。出版権は著作権の「財産権」に含まれるはずです。仮にこれが著作権の「著作者人格権」のみ著作者に残り、「財産権」はすべて主催者がもらうという意味だとすると、貴方は収益に関する権利をすべて放棄してしまうことになります。

「デビュー作は買いとられてもいい。それで名を上げ、二作目以降で金持ちになる」と決心するのは自由です。しかしデビュー作が人生最大のベストセラーになってしまったらどうでしょう。金銭トラブルが予想できそうな公募は、最初から避けるのが賢明です。

募集要項にはくれぐれも注意しましょう。

未だに応募作の分量を原稿用紙の枚数で表記する場合が多く見られます。これは単純に枚数をＷｏｒｄ原稿の字数に換算すれば大丈夫です。四百字詰め原稿用紙二百五十枚なら十万字、三百枚なら十二万字です。

ご存じの方も多いと思いますが、新人賞の公募作はいきなり選考委員が審査するのではなく、プロによる下読みが行われます。最初の一ページだけを見て、前章で挙げた「視点の問題」「文章表現」などの是非が判定されます。水準以上に達していなければ、この下読み段階で落とされます。半分以上は数秒で識別されます。理不尽に思えますが、これは本当にプロが瞬時に区別できるので仕方ありません。

書店で本を手にとった人も、一ページ目が読みにくければ、買うことなく棚に戻してしまいます。読みやすい文章はなぜ読みやすいか、またその逆もプロはよく理解しているのです。貴方が添削を受け、推敲の意味をしっかり学びとっていれば、さすがに数秒で落とされることはありません。もう少し先まで読み進んでもらえます。

ただし「文体さえきちんとしていれば、一次選考は九割通過できる」という噂は、事実に反しています。一次選考自体が応募総数の一割以下に絞りこむ場なのに、九割通過できるわけがありません。しかし作品がきちんと推敲されており、『想造』した物語が魅力的であれば突破できます。事前に小説の全部でなくとも、一部をブログに上げるなどして（新人賞の場合、応募作は未発表の新作に限るとしているところがほとんどなので、全文をブログには載せられません）、コメント欄に感想を募りましょう。直せるべきところは応募前に直しておくべきです。

不特定多数の人々に意見を求めることを怖がらないでください。無償で読んでくれて、意見を述べてくれる人々の存在など、インターネットの登場以前は考えられなかったことです。現代人なら積極的に利用しましょう。ブログの閲覧者数が伸びなくても、必ず数件のコメントは付くものです。もし反応が皆無なら、より大衆が興味を持ちそうな内容を考えます。これはのちに小説が刊行された時にも、売れ行きを左右する重要な要素です。コメントが付いたら、お礼を書いたうえで、読みやすいかどうかを尋ねましょう。コメントの指摘をもとに直していけば文章力は上がります。

とはいえすべてをコメントの通りにする必要はありません。文章表現も物語の方向性も、どんどん刷新されていく現代、定石にとらわれなくてもよいのです。純文学ですら、現代人の感覚が著しく変異し続ける以上、昔と同じであるはずがありません。

実は新人賞で最終選考あたりまで残ると、編集者から連絡があります。以後はその編集者が担当として付き、受験に向けての傾向と対策のように、翌年度の受賞をめざし作品づくりが始まります。家庭教師との二人三脚のようなものですが、貴方に支払いの負担がない点が大きく違います。

すなわち小説の新人賞とは、K‐POPアイドルの一般公募と同じです。すでに事務所でトレーニングを積んできている練習生が一緒に参加しており、主催者側（出版社）もそれら練習生に受賞の箔を付け、新人として売りだそうとしています。

すると不公平なのでしょうか。いえ、主催者側も編集者が付いた候補者を絶対とみなしているわけではありません。最終選考は選考委員の判断に委ねられますし、純粋に評価の高い作品が受賞作に選ばれます。公正を期すため、著者名を選考委員に伏せている新人賞もあるほどです。

なお応募に際し「せっかく書いた原稿が埋もれて紛失するのでは」と心配になったりもするでしょう。しかし気に病む必要はありません。主催者にとっても、どこに宝が眠っているか分からないのですから、極めて慎重に扱います。郵便事故もまず起きません。

前年度の応募作の選評を見ると、それが他人の作品であっても、選考委員の高飛車な物言いに苛立ちをおぼえることもあるかと思います。どうしても選考基準に納得がいかないと感じたら、いかに権威ある賞でも避けましょう。貴方は専業作家として稼ぐつもりでいるのですから、無駄に労力と時間は割けません。

コネがなくても編集者には読んでもらえる

プロの小説家をめざす場合、案外お薦めなのが「出版社の文芸編集部に連絡を入れ、原稿を見てもらう約束をとりつけ、原稿を送る方法」です。漫画によくある持ち込みに近いやり方ですが、現代は出版エージェントも活用されます（後述）。

ツイッターやフェイスブックなどSNSに、目当ての編集部に勤める編集者がいれば、フォローして直接の会話を求めたうえで依頼します。文芸編集者がいなくても、同じ出版社の社員のSNSが見つかったなら、編集者の紹介を頼みます。まずは極力ネット上でコンタクトをとったほうがいいのですが、古くからある方法としては、本の奥付に乗っている編集部の電話番号に電話をかけます。

そんなぶしつけなアプローチは敬遠されるのではないかと、不安に思う方も多くおられるかと思います。新人賞公募やネット投稿サイトがあるのに、直接の売り込みなど迷惑がられる、怒られると思うでしょうが、そうでもありません。まず旧来のやり方通りに説明します。現代でもライターが営業として用いる方法です。

実際、電話を入れると面識のない編集者でも「ひとまず内容を簡単にまとめた物だけ送ってください」と言ってくれる場合がほとんどです。編集者も常々ベストセラーを手がけたいと思っているため、よほどのことがない限り、売り込みをないがしろにはしません。

ただし本当に多忙を極めている編集者もいますし、新人作家の出版する余地がまったくない編集部も存在します。ですから断られることも皆無とは言えません。今後またつきあう場合もあるかもしれませんから、けっして腹を立てたりせず、丁寧にお礼を言いましょう。そのうえでめげずに他の会社をあたりましょう。就職活動ほど大変ではありません。二、三社目には企画を検討すると言ってくれます。もっとも第三章で書いたように、まだ出版が確約されたわけではありません。先走って有頂天にならないようにしましょう。

ＳＮＳで編集者を紹介してくれた社員にも感謝を示しましょう。くれぐれも失礼な態度をとらないでください。すべては自己責任であり、先方が憤慨した場合は謝りましょう。図々しさを咎められたとしたら、自分の持ちかけ方に問題があったと思うしかありません。できれば気の合いそうな人物のアカウントをフォローし、趣味の話題でしばらく交流してから本題に入れば、わりと成功しやすくなります。

アプローチする出版社は大手に限ります。文芸作品をたくさん出している、国民の誰もが知る企業ということです。「中小の出版社でも書店に並べば同じに見えるのだし、まずそっちに売り込もう」とは思わないでください。

無名で小規模な出版社は、小回りがきくなどよい面もあるのですが、出版不況の昨今、トラブルのリスクは否定できません。社名をネットで検索し「未払い」「踏み倒し」「不払い」など、過去に起きた問題の有無を確認しましょう。

「編集プロダクション」も除きます。善し悪しではなく、仕事の方針が違います。編プロは「やっつけ仕事をどんどん片付けられる」ライターを求めています。

中小出版社や編プロを下に見ているわけではありません。ただ貴方の目的を考慮した場合、それらの会社では売り出しに充分な費用がかけられない可能性が高いのです。経営に貢献したいのなら、まず大手からデビューし名が売れてから、それらの会社でも書き下ろし新作を出版してあげましょう。

昔とは時代が変わってきているため、トラブルを起こしがちな編集者は、そう多くはいません。そういう人が給料をもらい続けられるほど、出版社に余裕がなくなってきています。過剰に警戒する必要はありませんが、貴方は専業作家になって収入に恵まれる状況をめざしているのですから、最初から大手に的を絞っておきましょう。

もし貴方が今、中小出版社や編プロで勤めているか、ライターとして出入りしているのなら、そこを離れる必要はありません。けれども小説家デビューのための場所は別にあると思ってください。現状の延長線上に夢があるとは考えず、独自に道を切り拓いてください。たとえ編プロに大手出版社の編集者が訪ねてきても、その人は編プロの取引相手でしかなく、新人作家のスカウトではありません。文芸編集者の紹介を求めるぐらいなら構いませんが、以後は自己責任で連絡をとりましょう。つまりスタート地点は、出版業界に無縁な人々と同じです。

メールまたは電話で分かる編集者の心理

ライターが「なんでもいいから本を出したいんですが」と編集部にアプローチした場合、真っ先に持ちかけられるのはハウツー本（実用書）の企画です。これは著者の知名度に関係なく、一定の売れ行きが見込めるからです。しかし貴方の書いたハウツー本の文章が優れていて、読み物として面白かったとしても、文芸の編集者から声がかかることはありません。「貴方には文章力がある。小説を書いてみないか」と言われることはないのです。

本を出した経験があっても、それが小説でないのなら、自分から次のアクションを起こさない限り小説家にはなれません。むしろ能動的になれば小説家への道が開けるのですから、ためらう必要はないと言えます。

度々触れたように、面識のない編集者が電話で優しく対応してくれたからといって、

本無樹
明鏡亦非臺
新書

払い」など、過去に起きた問題の有無を確認しましょう。

「編集プロダクション」も除きます。善し悪しではなく、仕事の方針が違います。編プロは「やっつけ仕事をどんどん片付けられる」ライターを求めています。

中小出版社や編プロを下に見ているわけではありません。ただ貴方の目的を考慮した場合、それらの会社では売り出しに充分な費用がかけられない可能性が高いのです。経営に貢献したいのなら、まず大手からデビューし名が売れてから、それらの会社でも書き下ろし新作を出版してあげましょう。

昔とは時代が変わってきているため、トラブルを起こしがちな編集者は、そう多くはいません。そういう人が給料をもらい続けられるほど、出版社に余裕がなくなってきています。過剰に警戒する必要はありませんが、貴方は専業作家になって収入に恵まれる状況をめざしているのですから、最初から大手に的を絞っておきましょう。

もし貴方が今、中小出版社や編プロで勤めているか、ライターとして出入りしているのなら、そこを離れる必要はありません。けれども小説家デビューのための場所は別にあると思ってください。現状の延長線上に夢があるとは考えず、独自に道を切り拓いてください。たとえ編プロに大手出版社の編集者が訪ねてきても、その人は編プロの取引相手でしかなく、新人作家のスカウトではありません。文芸編集者の紹介を求めるぐらいなら構いませんが、以後は自己責任で連絡をとりましょう。つまりスタート地点は、出版業界に無縁な人々と同じです。

メールまたは電話で分かる編集者の心理

ライターが「なんでもいいから本を出したいんですが」と編集部にアプローチした場合、真っ先に持ちかけられるのはハウツー本（実用書）の企画です。これは著者の知名度に関係なく、一定の売れ行きが見込めるからです。しかし貴方の書いたハウツー本の文章が優れていて、読み物として面白かったとしても、文芸の編集者から声がかかることはありません。「貴方には文章力がある。小説を書いてみないか」と言われることはないのです。

本を出した経験があっても、それが小説でないのなら、自分から次のアクションを起こさない限り小説家にはなれません。むしろ能動的になれば小説家への道が開けるのですから、ためらう必要はないと言えます。

度々触れたように、面識のない編集者が電話で優しく対応してくれたからといって、もう出版が確約された気になってはなりません。貴方はまだ何も売っていないのです。編集者から「簡単にまとめた物」だけを要求されたとしても、貴方からは「実はもう原稿が完成しています」と伝え、一緒に送ってよいかどうか尋ねます。

「えー？」とため息交じりのような声が聞こえてきたら脈なしです。その編集者は最初から、貴方のあらすじを会議にかける気はなかったのです。お礼を言って他をあたりましょう。

「ほんとですか？」と嬉しそうに声を弾ませる編集者もいます。しかし大手出版社の編集者は百戦錬磨の強者です。交渉術に長けており、いつでもその気があるような態度をとることに慣れています。まだ面識もない貴方が書いた、内容も分からない小説に、さほど興味を示しているはずはありません。それでもいちおう歓迎してくれているのだから、この編集者にはあらすじと原稿を送ります。

最も多いのは「そうですか。では一緒に送ってください。ただしまだ何の約束もできませんが」と言ってくるパターンです。原稿を見てもらえるだけでも有り難いと解釈してください。

ほとんどの編集者は売り込みに否定的な態度をとらないと書きましたが、編集部の方針として、面識のない新人の原稿は受け付けないと決めている場合もあります（新潮社は受け付けていないそうです）。公募している新人賞を紹介し、そちらに送るように伝えることが義務づけられていたりもします。あるいは以前に売り込みで迷惑をかけられた、そもそも売り込みなど相手にしたくないと考える編集者もいます。

どういう相手であれ、貴方は企業への訪問販売もしくはテレフォンアポインターに近いことを行っています。突然の連絡により、相手の貴重な時間を頂戴しているのですから、終始低姿勢で臨む必要があります。「売り込みなど断じて受けられない」と怒る編集者がいても、けっして気分を害さず、平身低頭で謝ってください。電話で話してくれただけでも親切な対応だったと思うことです。相手への感謝の念を忘れないようにしましょう。

編集部によっては「ボツ原稿専用のゴミ箱」があったりします。たいてい段ボール箱で、文芸編集者の事務机の狭間に位置し、手軽に投げ込めるようにしてあります。原稿をメールで送る人が増えて以降、このゴミ箱のサイズは縮小傾向にありますが、多くの編集部でいまだ現役です。編集者はプロの目で最初のページを見て、使いものにならなければ、数秒で判断を下します。

しかし『想造』をきちんと行い、推敲も終えた貴方の原稿は、読むに堪えるものになっています。編集者は先を読み進めてくれるでしょう。

アメリカでは出版エージェントが貴方に代わり、こうした編集部への営業を行うのが普通です。現代の日本でも、まだ主流ではありませんが、出版エージェントによる売り込み代行が始まっています。「出版エージェント」で検索してみてください。従来はこれがなかったため、出版見込みのない作家は、自分で売り込みをかけねばなりませんでした。数万円からの費用で代行依頼を開始できますが、以降もずっとそのエージェンシーに在籍し、仕事をとってもらうのか、どこかの時点で独立するのか、前もってきちんと協議してください。

原稿送付「二日後」の重要性

小説の著者が期待するのは、編集者からの興奮ぎみの電話か、喜びを隠しきれないメールです。そのような返事が来るとすれば、必ず原稿が届いてから「二日以内（より厳密には二営業日以内）」です。この法則をおぼえておいてください。

一日ではさすがに何の反応もありません。社員が休みや出張の場合もあります。しかし二日目には状況が異なってきます。まだ最後まで読んでいなくとも、編集者がこの原稿を是が非でも押さえておきたいと思った時、二日目には必ず著者に連絡します。もちろんまだ編集会議には通していないのですが、通す自信があるのです。貴方がプロであろうと、今回初めて編集者に原稿を送った新人であろうと、この「二日」の法則は変わりません。編集者が他の仕事を差し置き、優先的に読むほどの原稿だったのです。

二日で返事が来なければ、もう次の編集部に連絡をとりましょう。「編集者の極度に熱い反応」は二日以内にしか来ません。三日目以降に来る返事は、せいぜい「なかなかよく書けていると思います」です。直しを求められるか、「いちおう編集会議にかけてみます」に留まります。出版はありえますが、著者の圧倒的優位は失われます。

二週間以上放置された場合は連絡を入れます。この段階で編集者からの電話かメールに「いまバタバタしていまして」というフレーズがあったら、断られたのと同じ意味です。たとえ編集者が本当に忙しかったとしても、原稿に見込みがある場合、この物言いは出ません。

きちんと断り状を送ってくれる編集者もいますが、多くの場合は返事もなく、無視を決めこまれます。これは日本の文化とも言えるもので、特に残念な知らせについては意思を明確にせず、沈黙によって察するよう求める習慣があります。そういう態度をとられても、けっして腹を立ててはなりません。送った原稿は編集部の段ボール箱に沈んでいますが、見てもらえたことに感謝し、他社へのアプローチに移りましょう。儲かる専業作家をめざしているのですから、商品の売り込みは次々と迅速に行わねばなりません。

他社で出版が決まったら、二日で返事を寄越さなかった編集者にも、その旨をメールで伝えましょう。編集者が怒ることはありえません。むしろほっとしながら祝福のメールを返すでしょう。貴方は自分の小説を出版できた版元の他に、別の会社の編集者とも知り合えたことを喜ぶべきです。

「熱い反応」のメールに「編集長も褒めています」という文言が添えられることがあります。これは小説家のプライドをくすぐるために用いられがちですが、お世辞でない場合も多々あります。編集者にとって編集長が前向きになる状況は、本当に力強いことなので、嬉しくてそう書いているのです。

編集者が原稿を評価してくれていても、編集長について言及がない場合は、貴方から「失礼ながら編集長さんの忌憚のない意見も、お伺い願えないでしょうか」とメールで要請してください。ここで「編集長も褒めています」という返事を受けとることもあります。

こうした反応があれば、やがて出版社を訪問し、担当編集者と会った時、貴方から「編集長さんにもご挨拶したいのですが」と言いだせます。編集長が忙しくて席を外している場合でも、次長とかデスクとか、上司にあたる人を紹介してもらえるでしょう。できるだけ会って名刺をもらっておきましょう。

貴方は個人事業主ですから、ビジネス面での立ち居振る舞いも重要になります。「まだ本を出せていない新人が、そんな図々しいことをすべきだろうか」と思うかもしれませんが、貴方の可能性は未知数です。大化けするかもしれないからこそ、編集者らは貴方を丁重に扱ってくれます。もしデビュー作の売上が伸びなかった場合、もう上司に会う機会は失われます。担当編集者が冷たくなった場合に備え、どうあってもこの時点で上司に会っておいてください。

これは担当編集者を軽視するという意味ではありません。ただ貴方の小説が売れなかった場合に限らず、会社には頻繁に人事異動があります。貴方の担当編集者が、まったく違う部署に移る事態も起きます。引き継ぎが行われたとしても、新たな編集者を相手に、また一から信頼関係を構築せねばなりません。複数の上司とつながっておけば後々便利です。

小説投稿サイト参入時の留意点

小説投稿サイトから上位をめざす場合、成功の確率が途方もなく低く見えますが、これは競争が可視化されているためです。実際にはデビューの難しさは新人賞も売り込みもさほど変わりません。

出版社にとって「小説家になろう（https://syosetu.com）」や「カクヨム（https://kakuyomu.jp/）」は、小説家候補が自発的にしのぎを削り合い、人気作もランキングで一目瞭然なため、新人の発掘に重宝します。参加者の側からすれば、自作があまりに多くの投稿の中に埋もれてしまい、なかなか這い上がれない茨の道です。これらのサイトに投稿される小説は、ライトノベルが圧倒的に多く、手軽な嗜好性が人気の主要素となります。しかも流行の移り変わりに敏感であり、評判を呼ぶキャラクターや舞台設定などが、時期によって絶えず変化します。

ここで上位になるためには、人気の作品を複数読んでおき、『想造』の段階で意識的にそれらの要素を取り入れねばなりません。流行の作風に近づけないと、サイトのユーザーのマジョリティに見向きもされないからですが、これはけっして後ろ向きな対策ではありません。

一般文芸でもハードカバーにふさわしい文体や題材、文庫にこそ適した作風が存在します。プロの作家はそれらの傾向に合わせ、商業的要請と自分の芸術性に折り合いをつけながら、作品の方向性を決めていくものです。「小説家になろう」や「カクヨム」で人気を博すつもりで、表層的な味わいをランキング上位作に近づけるのは、読者が貴方の作品に接しやすくするための親切な工夫と言えます。『想造』によって貴方らしさは自然に出ます。そのオリジナリティが、読者に新鮮味をもって受けとられるため、けっして模倣作にはなりえません。

「小説家になろう」や「カクヨム」は、ランキング上位になれば出版社から声がかかります。書籍の刊行時にはすでに作品が有名になっており、発売とともに一気に売れることも多いのです。ただしライトノベル全般に言えることですが、初版（最初に印刷され出荷される分。「初刷」も現代では同じ意味）はとりあえず市場競争力をテストする意味合いがあり、それほど部数を多くしてはくれません。ライトノベルはいちどに数多くのタイトルが同時刊行されるため、たちまち埋もれてしまいがちです。

そんな過酷な状況ながら、初版の売り上げがよくなければ漫画の雑誌連載のごとく、シリーズ打ち切りという判断が下されます。このあたりは一般文芸とは異なる、シリーズ化を前提としたライトノベルならではの宿命とも言えます。一定以上の評判を呼び、初版分が売り切れに近づいた時点で、重版（増刷）がかかります。さらにコミック化やアニメ化などメディア展開に恵まれれば、重版が繰り返され、巨額の印税を得られる小説家となります。

ライトノベルのコミック化は、傍目には異常なほどのスピードで進むように見えますが、当事者からするとそうではありません。版元で漫画連載の判断が下り、漫画雑誌の編集部で漫画家を採用、連載が開始されるまで数か月を要します。むろんアニメのほうはどんなに早くても二年ほどはかかります。

こうした展開を待つまでの間に、オリジナリティが模倣される可能性が高まります。アニメ化が果たされ、貴方の作品を広くアピールできた頃には、その作風は投稿サイトで使い古された物になっているかもしれません。

不思議なことに、小説投稿サイトの投稿作に用いられたアイディアは、他の投稿者も流用して構わないという風潮が蔓延《はびこ》っています。すなわちあまり創意を尊重されていません。これはライトノベル全般にみられる傾向でもあり、一般文芸では考えられないことです。

よって貴方が小説家での成功を目的としているのなら、これらのサイトでの人気が急上昇したのち、たちまち出版が決まらねばなりません。オリジナリティの模倣が広がる隙を与えてはならないのです。

タイトルやあらすじに、多くのユーザーの嗜好性に当てはまる要素を入れましょう。気軽に読めるように文章の装飾をできるだけ取り払い、テンポよく物語が進行するように心がけます。読者の食いつきが悪かったら、『想造』の段階に戻り、登場人物を交替させます。最新の流行に沿うキャラクターをメインにふたり、サブにひとり入れましょう。舞台となる三枚の風景写真は総入れ替えしてください。嗜好性に重きを置かれるライトノベルは、脳内の『想造』がストレートな効果を発揮しやすいジャンルと言えます。小説が生まれるのは読者の脳です。貴方から読者の好みに歩み寄るのは、なんらおかしなことではありません。

書くスピードを上げるようにしましょう。ライトノベルは出版に至った場合、シリーズを隔月で発売できるのが理想です。投稿サイトに挑戦する段階でも、みずから締め切りを設定し、期日通りに仕上げるようにしましょう。期限が決められているほうが、脳の働きが活性化することがあります。効率よく仕事を進めるすべが身につきます。『想造』で物語の結末までを思い描き、すべてを執筆したうえで投稿を始めるのは、新人賞応募や売り込みの場合と同様です。特に小説投稿サイトは、手早く次々と新章が投稿されることが歓迎されます。そのため事前に結末まで書かれた小説は大きな強みになります。文庫一冊分に相当する十万字の長編に達すると、読み応えが認められ、人気が急上昇する傾向も顕著です。前半の伏線が終盤で見事に回収されれば、非常に高い評価を得られます。

小説の感想はふたつしかない

小説投稿サイトでの競争に特有のコツとして、適切な投稿時間の把握があります。例えば「小説家になろう」であれば、深夜の投稿はあまり読まれず、ＰＶが上昇しづらくなります。よって昼間の投稿が好ましいのですが、正午の直前からきっかりの時刻には、他の参加者による大量の予約投稿に埋もれてしまいます。少し時間をずらして投稿するのもポピュラーになってきているので、さらに数分遅らせるなどして、自分の投稿を目立たせる工夫も必要になります。

ただちにランキングの上位にならないからといって、落ちこむ必要はありません。本を出版したとしても、たくさんの刊行物に埋もれがちになるのは同じです。自作を目立たせるため、ユーザーの感想コメントを参考に工夫してみてください。

批判的なコメントを怖がらないでください。誰でも定食が美味しくなかったら「あの店は美味しくない」と知人に言いたくなるでしょう。「行きやすい立地にあるのだから、店主が味を改善してさえくれれば」という願いもこめられていたりします。いまやどんなジャンルであれ、小さな店を出せば、グーグルのクチコミに五つ星の採点が載る時代です。みな軽い気持ちで採点してきます。それを攻撃と受けとらないでください。

もっとも、指摘された内容をそのまま作品に反映させてはいけません。人の感想は「面白い」か「つまらない」かだけです。理屈はすべて後付けになります。「主人公が現実離れした存在なので面白かった」「主人公が現実離れした存在なので興を削がれた」どちらの感想もありえます。この場合「主人公が現実離れした存在なので」を深く考えないでください。読者も評論のプロではありません。全体として料理が美味しかったか不味かったか、そこしか分からないのです。

これは編集者の意見にしても同じです。「ここをこうしたら」という編集者からの提案は、貴方が納得できるならその通りに修正します。納得いかなければ他社をあたりましょう。対立するのではなく「しばらく考えてみます」と言ってから、他の出版社の編集者に原稿を見てもらいます。公募賞の二重投稿とはちがうので、これは実行して構いません。出版の運びになったら、前の編集者にも知らせておくだけです。

編集者には敬意を払うべきですが、これは貴方の作品です。すべてを言われるままにしてでも、とにかく本が出せればと願うことは間違っています。本が売れた場合、次作も編集者の指示通りに書くことを要求されてしまいます。どこが面白いのか著者自身が分かっていなければ、同水準の作品も書けません。

ベストセラー作家への道に自費出版は不要

自費出版は止めも勧めもしませんが、儲かる作家になるつもりなら関わる必要はありません。貴方は小説家で儲けようとしているのですから、余計な経費をかけてはなりません。数百万円を払ったところで、本当に出版社が商業出版としてデビューさせてくれるレベルの営業や流通、宣伝、販売は期待できません。書店での平積みなど夢のまた夢、いちおう棚差しで一冊置かれたという結果が待つのみです。

自費出版で数十万部のベストセラーになったという宣伝を時々見かけます。しかしその小説は商業出版だったとしても売れたはずです。著者が自費出版を選択してしまったにすぎません。文学賞に応募するか、根気強く売り込みをかけていれば、きっと商業出版されたにちがいありません。

自費出版した単行本が、大手の商業出版社で文庫化されヒットし、人気作家になったという例もあります。自費出版した本を大手の版元に送り、売り込んだ結果です。結局、編集者にアポをとって原稿を売り込むのと同じです。自費出版した本が大手出版社の編集者の目にとまり、商業出版で文庫化の誘いが来ると期待するなら、それはブログに発表した小説に出版の話が持ちかけられるより、はるかに難しい話となります。自費出版本は、ネットで無料公開されているテキストほどには目にとまらないからです。しかも編集者にとっては、すでに書籍化された作品でしかありません。特に売り上げが芳しくなければ、あえて自社で文庫化するまでもないと判断してしまいます。

なお「出版記念パーティー」なるものを、成功した作家の理想像として思い描く人もおられるかもしれません。しかしそれは小説家のデビューとは別次元の催しです。初版が部数を極力抑えた「お試し出版」にすぎず、ほとんど儲からない現代において、出版そのものを祝うためパーティーを開催する小説家はいません。

出版記念パーティーは、作家を本業としない事業家などが自費出版がてら、主に人脈づくりのために催すものです。経営者または元経営者が自伝を出版するケースが大半を占めます。自費出版それ自体、儲けを考慮しない記念行事であり、パーティーもその延長線上で行われます。集まった参加者からご祝儀があるかもしれませんが、元々黒字は前提にありません。

文学賞授賞式のパーティーはむろん出版社主催です。もしくは有名作家のデビュー〇十周年を記念し、出版社や有志らが宴の費用を出し合うことはありますが、いずれも「出版記念パーティー」ではありません。ベストセラー小説家でもそんなことは行わないのが出版界の常識です。

すべての出版社に断られ、あらゆる新人賞に落選した作品については、自費出版に手を出さずとも、電子書籍出版で世に発表できます。これは自費出版と異なり経費がかかりません。しかもＫＤＰ（キンドル・ダイレクト・パブリッシング）なら、紙の本が通常一割の印税なのに対し、七割もの印税が受け取れます。

印税70%は、KDPで独占出版する場合に限られます。しかしアマゾンで売れない電子書籍は、他の電子書籍ストアでも売れないので、KDP一本に絞って差し支えありません。アマゾンでは関連商品として似た商品が表示されますから、ジャンルの近い小説を読んでいるユーザーの目にとまりやすいのも利点です。アマチュアが書いた本でも、購入者は必ず現れます。

儲けなど微々たるものと思われるかもしれませんが、日本全国に向け小説を発表でき、しかもマネタイズが確約されているプラットフォームは、昔からすれば夢のような話です。書店に並んだ時に売れる小説であれば、KDPでも一定以上のクリック数を獲得するはずです。あるていどの実績が出たら、データを添えて編集者に紙の書籍化を売り込みましょう。実績があれば編集者も会議に通しやすくなります。KDPにおける販売が好調な場合は、出版社のほうから声をかけてくれることもあります。

よって最後まで希望を捨てる必要はありませんが、こうした流れのうえでKDPの売り上げを日々確認することは、死んだ子の歳を数えるのと同義です。その作品はひとまず小遣い稼ぎの大安売りに落ちたとあきらめ、また新たな作品の『想造』にかかりましょう。

第六章　失敗しないゲラ校閲作業のコツ

四六判か文庫か

ここからは貴方の作品の出版が決定し、編集者とともに刊行までのスケジュールを歩みだした状況となります。しかしまだ貴方がデビュー前でも、本書を最後まで一読しておいてください。めざす職業がどんな流れなのか知っておくことは重要です。またデビューが決まった場合も、本書を手元に置き、各段階での参考に用いてください。

編集部が出版を決定すると、発売日および制作スケジュール、書籍の仕様を伝えてきます。仕様は主に四六判の単行本、または新書サイズのノベルズ、そして文庫本です。四六判はハードカバーとソフトカバーに分かれます。

一般文芸はまず単行本を出し、しばらく経ってから新書で再発売、最後に文庫本と、徐々にダウンサイジングしていくのが、かつての出版界の常識でした。歳月が経つとともに廉価版に移っていく販売方法とも言えます。しかしこのビジネスモデルは崩れて久しい状況にあります。まず単行本からすぐに文庫化されることが増えました。次に最初から文庫で出版するケースが、今やスタンダードになりつつあります。

理由はいくつかあります。単行本は高価で持ち歩きに不便なため、しだいに敬遠されるようになったことや、単行本が中古で出回ってしまうと、文庫化した時の売れ行きが悪くなることなどが挙げられます。単行本の初版部数は極めて少なく、それ自体ではほとんど収益の上がらない、いわゆる「お試し出版」に近い場合がほとんどです。その売れ行きが芳しくなければ、文庫の初版部数も削減されるため、単行本と文庫を併せた全体の売り上げも低迷します。その点、最初から文庫で発売すれば、新作を比較的安価で読めるお買い得感も手伝い、部数の伸びが期待できます。

処女作が四六判で出版されるのは、著者にとって誇らしく感じられることでしょうが、早々に大勢の読者を獲得するためには、文庫本を多めに刷ってもらい、急速な普及を狙うのもひとつの手です。どちらにするか選択権がある場合は編集者と協議しましょう。

ゲラを効率よく校閲する方法

完成した原稿はメールに添付し、編集者宛てに送ります。制作の工程が始まると、まず初校ゲラが出ます。編集者と校閲スタッフがチェックを入れたのち、宅配便やバイク便で著者に送られてきます。

ゲラとは、原稿と本の中間物です。本ができあがる前に、全ページの文面やレイアウトを確かめるために作られる「校正紙」を意味します。本の見開き二ページを一枚に収める形で、コピー用紙にプリントアウトされています。雑誌の制作などでは、プリントせずモニター上のデータに修正を入れたりしますが、文芸作品では通常、紙にしたゲラが出ます。原稿の時点で、モニター上における推敲を注意深く行ったにも拘わらず、実は見落としていた誤字脱字について、紙の上で気づくことも多々あります。

校閲と校正の違いも知っておきましょう。校閲は文中の誤りを正すことです。校正は、ひとつ前の工程と現在の文章を比較し、正しく反映されているかどうかをチェックする作業です。初校では原稿と初校ゲラの比較になります。

初校ゲラが出たら、まず編集者と校閲スタッフが読み、誤字脱字や修正すべき言いまわしに鉛筆を入れます。たいてい問題箇所に線を引いて消し、傍らに訂正後の文章を書き添える方法です。

記号的な指示が書かれる場合もあります。部分削除したうえで、その部分を詰める場合は「トルツメ」と表記しますが、単純に「トル」だけで済ませることがほとんどです。削除しても詰めない場合は「トルママ」です。「ママ」は現状維持を意味します。他に改行すべき箇所を指定する印などがあります。これらの意味は編集者が教えてくれますし、ネットの検索で「校正記号」を調べれば出てきます。大半はゲラを見れば意味が読みとれます。不明な点のみ編集者にメールで尋ねてください。

著者は鉛筆の入った初校ゲラを読みながら、赤のボールペンかサインペンを用い、修正を記入します(101頁の図参照)。消しゴムで消せる鉛筆の修正は、あくまで仮の修正であり、いわゆる〝朱字〟の書き込みは修正の確定を意味します。次に再校ゲラが出てきた時、朱字の修正指示が反映されていますから、充分に注意して行いましょう。

ゲラに朱字を入れるたび、パソコンで自分の原稿(Ｗｏｒｄファイル)を開き、同じ修正を加えてみます。縦書き表示にし、自然な文章になっているかチェックします。

昔はゲラ修正と言えば朱字を入れるのみで、修正後どんな文面になるか、あるていどは勘に委ねていました。今はパソコンでチェックできるのですから、使わない手はあり

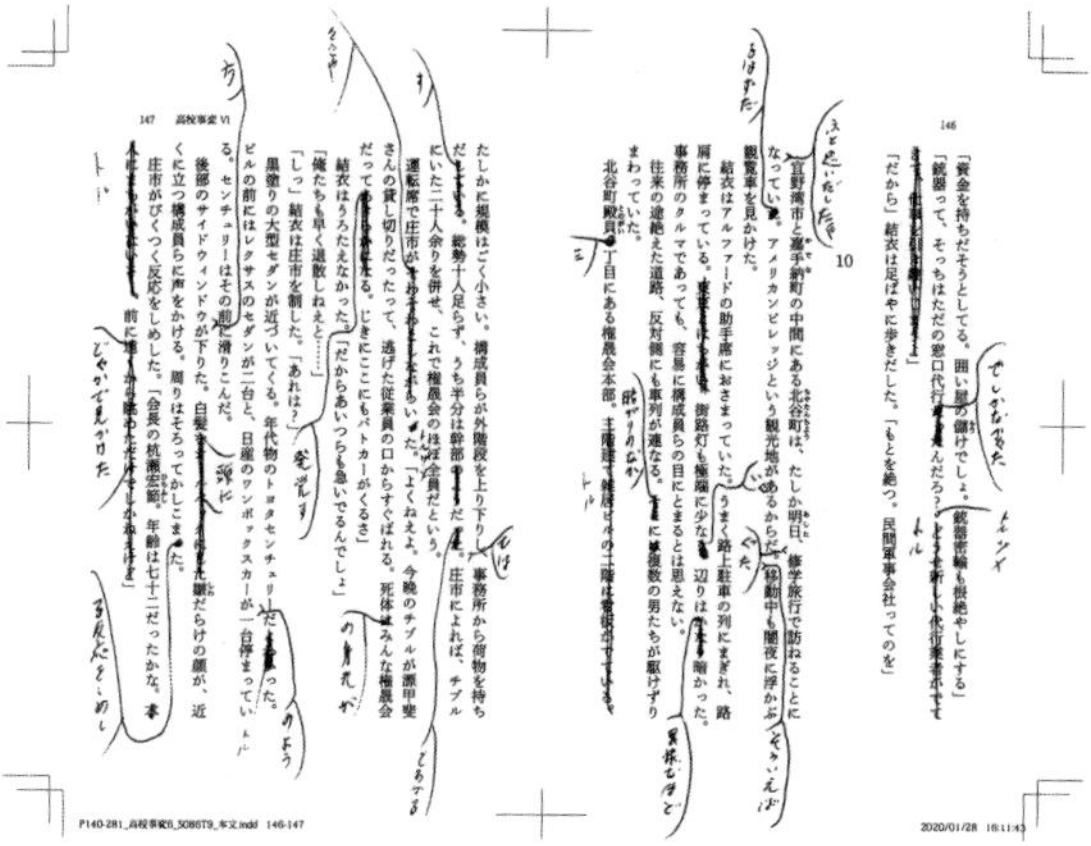

146

「資金を持ちだそうとしてる。囲い屋の儲けでしょ。銃器密輸も根絶やしにする」

「銃器って、そっちはただの窓口代行[redacted]んだろ?[redacted]」

「だから」結衣は足ばやに歩きだした。「もとを絶つ。民間軍事会社ってのを」

10

宜野湾市と嘉手納町の中間にある北谷町は、たしか明日、修学旅行で訪ねることになってい[redacted]。アメリカンビレッジという観光地があるからだ。移動中も闇夜に浮かぶ観覧車を見かけた。

結衣はアルファードの助手席におさまっていた。うまく路上駐車の列にまぎれ、路肩に停まっている。[redacted]街路灯も極端に少な[redacted]辺りは[redacted]暗かった。事務所のクルマであっても、容易に構成員らの目にとまるとは思えない。

往来の途絶えた道路、反対側にも車列が連なる。[redacted]に[redacted]複数の男たちが駆けずりまわっていた。

北谷町殿員[redacted]丁目にある権晟会本部。[redacted]

147　高校事変 VI

たしかに規模はごく小さい。構成員らが外階段を上り下りし、事務所から荷物を持ちだ[redacted]。総勢十人足らず、うち半分は幹部[redacted]だ[redacted]。庄市によれば、チブルにいた二十人余りを併せ、これで権晟会のほぼ全員だという。

運転席で庄市が[redacted]い[redacted]た。「よくねえよ。今晩のチブルが源甲斐さんの貸し切りだったって、逃げた従業員の口からすぐばれる。死体[redacted]みんな権晟会だって[redacted]る。じきにここにもパトカーがくるさ」

結衣はうろたえなかった。「だからあいつらも急いでるんでしょ」

「俺たちも早く退散しねえと……」

「しっ」結衣は庄市を制した。「あれは?」

黒塗りの大型セダンが近づいてくる。年代物のトヨタセンチュリーだ[redacted]った。ビルの前にはレクサスのセダンが二台と、日産のワンボックスカーが一台停まっている。センチュリーはその前に滑りこんだ。

後部のサイドウィンドウが下りた。白髪[redacted]皺だらけの顔が、近くに立つ構成員らに声をかける。周りはそろってかしこま[redacted]た。

庄市がびくつく反応をしめした。「会長の杭瀬宏範。年齢は七十二だったかな。本[redacted]前に[redacted]」


P140-281_高校事変6_508679_本文.indd　146-147　2020/01/28　16:11:43

初校ゲラの校閲

ません。朱字では自然な文章になると思えた修正が、実際にパソコンで打ち直してみると、案外おかしな点があることに気づけたりします。執筆時の推敲と同様、これもパソコンをＨＤＭＩケーブルで大型テレビにつないで行えば、いっそう分かりやすくなります。

執筆の章で紹介した「一人」「ひとり」「独り」のような使い分けを、校閲スタッフが「表記揺れ」と判断し、鉛筆で指摘してくることがあります。こういう場合、それぞれの表現に問題がないと思ったら「ママ」と書き添えておきます。「ケースバイケースで表現していますのでよろしくお願いします」と、編集者や校閲スタッフへの

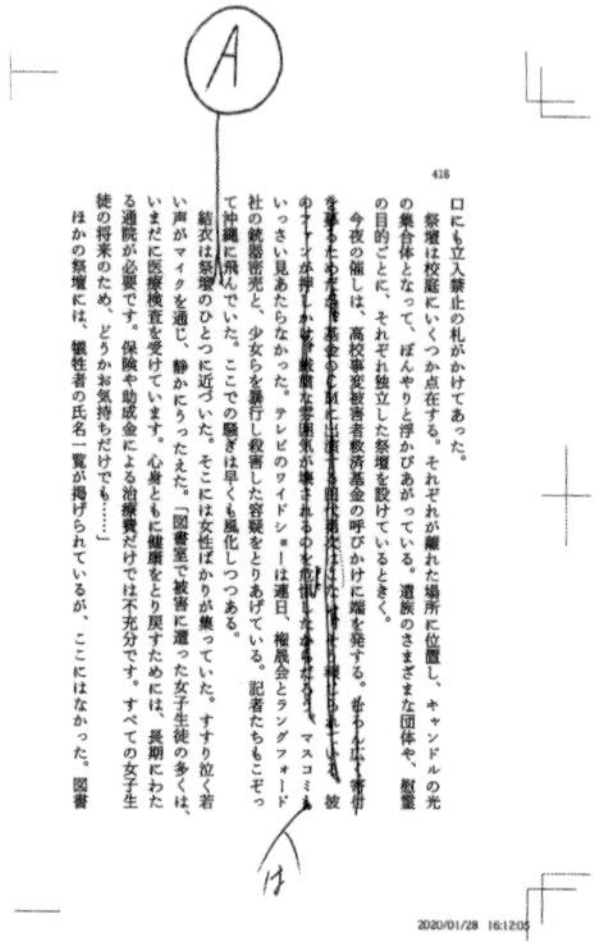
418

口にも立入禁止の札がかけてあった。

　祭壇は校庭にいくつか点在する。それぞれが離れた場所に位置し、キャンドルの光の集合体となって、ぼんやりと浮かびあがっている。遺族のさまざまな団体や、慰霊の目的ごとに、それぞれ独立した祭壇を設けているときく。

　今夜の催しは、高校事変被害者救済基金の呼びかけに端を発する。[illegible] マスコミ [illegible]

いっさい見あたらなかった。テレビのワイドショーは連日、梅晨会とラングフォード社の銃器密売と、少女らを暴行し殺害した容疑をとりあげている。記者たちもこぞって沖縄に飛んでいた。ここでの騒ぎは早くも風化しつつある。

　結衣は祭壇のひとつに近づいた。そこには女性ばかりが集っていた。すすり泣く若い声がマイクを通じ、静かにうったえた。「図書室で被害に遭った女子生徒の多くは、いまだに医療検査を受けています。心身ともに健康をとり戻すためには、長期にわたる通院が必要です。保険や助成金による治療費だけでは不充分です。すべての女子生徒の将来のため、どうかお気持ちだけでも……」

　ほかの祭壇には、犠牲者の氏名一覧が掲げられているが、ここにはなかった。図書

2020/01/28 16:12:05

Ⓐ

――（ここから）――

いまや廃墟だった。校舎にも体育館にも明かりひとつ見えない。建物自体に亀裂が走り、一部は崩壊しかかっている。焦げた外壁はめだたないが、割れたガラス窓をベニヤ板がふさぐ。ロープがやたら張りめぐらしてあった。心霊スポットとして有名になり、肝試しに侵入する十代が後を絶たないからだ。

――（ここまで）――

まとまった文章の挿入にはテキストデータを用意

メッセージを追加しておけば、著者の意図がよく伝わります。

　朱字では書ききれないぐらい、大きくまとまった直しは、別途パソコンで修正後の文面を作成します。ゲラ上の挿入または差し替え箇所に「A」などと指示したうえで、「A」のテキストデータをWordファイルで別途、編集者へのメールに添付します（上図参照）。修正後の文章が長くなれば、オペレーターの手入力によるミスが生じがちになるため、テキストデータを添えることはおおいに歓迎されます。

　校閲も原稿時点の推敲と同じく、最終章から遡って読むことで、物語に気

を取られず文章表現の直しに集中できます。全体を何度か読み返したのち、最後の行から前へと目を通せば、見落としていた誤字脱字に気づけたりします。

最後の行から前へと読むのは、あまり楽しくない作業であり、大変に感じるかもしれません。しかしそれは、物語を読む喜びに心を奪われていないことを意味します。校正ゲラを冒頭から順に読んでいる時、さして苦労を感じないのは、あるていど読書の楽しさに逃げているからです。そうすると誤字脱字を見落としがちになります。何度となく読み返しても、毎回同じ箇所を読み飛ばしてしまう失態はよく起こります。思考を変えたアプローチを試すことで、見えていなかったミスが見えてくるものです。

編集者や校閲スタッフの鉛筆による直しを、批判と受けとらないようにしましょう。それらはより良い作品にするための提言です。とはいえ最終判断は著者自身が下します。修正の理由が腑に落ちなかったら、納得がいくまで編集者とメールでやりとりしましょう。思考停止して編集者の指示を受け入れるだけになると、著者自身の成長の妨げになります。

何も考えず、すべて鉛筆の通りに直すのも好ましくありません。校閲スタッフにも間違いはあります。誤ったまま反映させてしまったら著者の責任です。

念校を見せてもらうことの重要性

初校ゲラを送り返してから二～三週間ほど経つと、再校ゲラが送られてきます。見た目は初校ゲラとさほど変わりませんが、もうかなり修正が反映された後なので、今度の鉛筆による修正の分量はかなり減っています。また著者が朱字で直すわけですが、これが実質的に最後の修正になります。もうページを増減させることはあまり歓迎されませんん。なるべく小さい直しに留めましょう。しかし修正を必要とする箇所は、けっして見逃さない心構えで臨んでください。

再校ゲラを送り返すと、さらに編集者と校正者がチェックしたのち、すべてを印刷所に入れます。編集者は「責了」を伝えてきます。

責了とは責任校了の略です。印刷所の責任にて校了したという意味です。これ以降の直しはいっさい行えません。一定の期間を経て、すでに商品と同じように製本された「見本本《みほんぼん》」が送られてきます。これは著者献本と言い、通常は十冊もらえます。カバーも帯も書籍自体も、書店に並ぶ商品とまったく同じです。

ところがこの見本本でささいなミスが見つかることが多いのです。発売日までまだ間

第９条（校正の責任）
本著作物の校正に関しては、甲の責任とする。ただし甲は乙に校正を委任することができる。

甲は著者、乙は出版社。校正漏れは著者が全責任を負う

があっても、すでに責了している以上、編集者に何を言おうが修正できません。電子書籍のほうは数か月以内に直してくれますが、紙の本はよく売れて重版がかかるまで、修正は不可能です。

あれだけ厳重にチェックしたはずなのに、まさかの凡ミスが見つかり、頭に血が上るでしょう。よほど編集者や校閲スタッフに八つ当たりした人がいたのか、某出版社の出版契約書には、校正漏れなどが最終的に著者の責任であることを明言した条項すらあります（上図参照）。

これは理不尽な契約ではありません。本の表紙に著者名が大書されているように、その中身の全文は著者の作品です。小説が高く評価された時、それが著者の功績になるのと同じく、ミスも著者の責任になります。再校ゲラで二度目のチェックを行い、編集者に送り返した時点で、著者は「直しを完了した」との意思を表明しています。そのうえ印刷所の責了も受け入れているのですから、著者はもう自分以外のせいにはできません。

この事態を避けるため、再校を送り返した後、「念校」をゲラの形でプリントアウトして送ってくれるよう、編集者に頼むことを推奨します。念

校は普通、編集者側が「念のため」修正後のページをチェックするための物ですが、これを著者にも見せてもらうのです。

再校を送り返すと、次の段階ではもう本になっているというのは、著者の側からすると、やや工程が飛躍しているように思えます。ですから事実上の三校を出してもらい、もう一度だけ詳細にチェックする機会を得るべきです。

編集者は「念校をゲラの形では出せない」と言うかもしれませんが、本当は出せるので頼みましょう。ほかならぬ自分の作品なのですから、最後まで確認を怠りたくないのは、著者として当然の心理です。もっとも版元側のスケジュール的な事情もありますから、どうしても無理と言われたら引き下がるしかありません。事前に再校ゲラの後、責了日がいつなのか確認しておきましょう。

念校を見せてもらえないのであれば、著者は自分が修正した後の再校ゲラについて、すべてコピーをとっておくべきです。再校ゲラを送り返した後も、責了までの間、手もとのコピーを何度も読み返し、ミスが残っていないかどうかチェックします。修正箇所が見つかったら、責了前に編集者にメールで伝えましょう。

書籍発売と並行して電子書籍が配信される場合、電子書籍のデータは、著者や編集者による校正がありません。そもそも電子書籍の制作部署は、編集部とは別に存在します。当該部署は責了後の印刷データを元に、そのままの文面になるよう電子書籍を作成します。したがって著者も編集者も、配信前の電子書籍についてはノーチェックな場合がほとんどです。

しかしこのため電子書籍に固有のバグが発生し、購入者から苦情が寄せられることがあります。二〇二一年現在、電子書籍の制作部署は、書籍編集部のような校正過程を設けていない場合が多く、一部の文字化けなどに気づかないまま配信に至るケースも確認されています。これは電子書籍ストアが複数存在し、プラットフォームごとに仕様が分かれているため、データのコンバートが不必要に煩雑なせいもあります。ゆくゆくは工程が改められていくかもしれませんが、いずれにせよ今のところ、著者が電子書籍データの確認を求められることはありません。

ライトノベルのイラスト作業工程

ライトノベルの場合、作中には随所に挿絵が入ります。これらの挿絵の箇所を決めるのは編集者です。作家から希望を出しておくこともできますが、新人の場合、最終判断の権限はやはり編集者が握っています。著者の意見が通るとは限りません。

イラストレーターには通常、初校ゲラより前の段階の原稿が渡されます。絵を描くためのスケジュールを、なるべく長く確保するためです。よって著者側は、イラストレーターの方針を変えさせるような、物語の大幅な変更は控えねばなりません。どのていど譲り合えるかはケースバイケースですが、編集者が間に入っているので、調整はすべてまかせましょう。とはいえ本文と詳細が異なるイラストが載っていることはよくあります。

カバーデザインが上がってくる時期は、再校ゲラの前後あたりです。ライトノベルは表紙イラストが重視されるため、イラストレーターが腕によりをかけ作品を仕上げてきます。しかし一般文芸のほうは、昔からわりと平凡な書影になることがほとんどです。

消費者が最初に目をとめるのは商品のパッケージであり、本の場合はカバー表紙にあたります。その割には一般文芸の場合、制作の終盤になって編集者が駆け足でデザイナーに依頼し、短期間で仕上げさせることが普通です。これが不本意であれば、制作の早い段階で編集者と相談しておきましょう。最も好ましいのは、著者が「この本のようにしてほしい」と、他の作家の既刊本を示すことです。編集者が同じデザイナーに依頼してくれる場合もあります。

ライトノベル作家は、いわゆる「絵師ガチャ」を気にかけます。すなわち売れっ子のイラストレーターに当たるかどうかで、運命が大きく変わると信じがちです。けれども営業サイドのデータでは、売れっ子のイラストレーターによる表紙は刊行時に人目を引くものの、長いスパンでの売り上げにはさほどつながらないとの見方が優勢です。まったく無名のイラストレーターと著者のコンビによる新刊が、めざましい販売記録を打ち立てた例も多くみられます。よって著者としては、イラストレーターの選定を気にしすぎないことです。『想造』段階で壁に貼ったキャラ絵のサンプルは、あくまで執筆時の空想の補助でしかありません。完成後の小説には、客観的に新たな視覚的情報が与えられ、独自の生命が宿るものです。ですからイメージと絵柄が違ってもやむをえません。イラストレーターのギャラやスケジュール、編集部側の事情もありますから、ひとまず編集者の決定に従いましょう。

帯のキャッチコピーと、カバーに載るあらすじも、編集者にまかせましょう。ベストセラー作家になると、これらも著者の意向の通りにしてくれることがありますが、極力編集者に委ねるべきです。編集者は営業など各方面の意見を聞き、消費者の関心を引けそうな惹句を日々模索しています。それは大げさに言えば出版社の営業方針でもあります。たとえ著者の名が売れ、権限が拡大していたとしても、帯に口出しするのはやや越権行為です。多額の費用をかけ、本をリリースするというリスクを負っているのは出版社側だからです。

著名人の推薦文が帯に入ることもあります。著者の友人に有名人がいて、個人的に依頼する場合もありますが、大半は編集部の裁量です。その著名人がどこかで作品を褒めてくれたため、編集者が推薦文に使っていいかとアプローチするのです。著者がその著名人に引き合わされることはありません。面識がないため、直接お礼を伝える機会もないままになります。

カバーに載るあらすじに関しても、著者にとって納得がいかない場合もありえるでしょうが、「セールスのために何か考えがあってのことだろう」と思うようにしましょう。著者の原稿が持つ可能性を、編集者は信じてくれたのですから、著者も編集者の仕事を信じるべきです。

著者と編集者はこのように信頼関係で結ばれていなければなりません。なぜなら次章に記す通り、奇妙なことに出版契約を取り交わすのは、本が刷りあがった後だからです。

第七章　プロが儲からない理由は出版契約書

事後承認「出版契約書」の怖さ

日本ではなぜか出版契約書を取り交わすのは、本ができあがった後というのが慣例になっています。しかもたいてい本が発売済みになってから、著者のもとに契約書が郵送されてきます。

契約書を交わすまでの小説家と編集者の共同作業は、ただの口約束に基づき進められます。しかし口約束であっても、事後承認が業界の常識になっているということは、事前に合意して出版に動きだした時点で、契約は成立していると考えられます。この原則をおぼえておきましょう。まだ出版契約書を交わしていなくても、出版社側が一方的に約束を反故にすることはできないのです。

ということは制作に入った時点での、編集者との口約束こそが契約の主体となります。

契約内容にどうしても織りこんでもらいたいことがあれば、この時点で編集者と交渉し、了解を得なければなりません。

編集者と直接会って話し合う場合、押しの強さは必要ありません。むしろ重要な約束はその場では交わさず、持ち帰ってからメールで尋ね、文面で回答を受けとるようにしましょう。対話の場にICレコーダーを持ちこんで、会話を隠し撮りするのは好ましくありません。たとえトラブルの解決に役立ったとしても、膠着状態の打開策が録音による証拠というのは、尋常ならざる人間関係を連想させます。社内の他の編集者たちも、仕事を引き継ぎたくないと思うでしょう。

担当編集者は敵でなく味方です。たとえビジネス面で厳しい要求を突きつけてきたとしても、それは会社の事情だったり、上司の厳命によりそうせざるをえなかったり、やむをえない理由が潜んでいるものです。著者みずから緊張状態を作りださないようにしましょう。

話し合いが苦手という人は、最初からメールでやりとりすべきです。逆に「直接会って話したほうが意見を通せる」と自信満々の人のほうが、海千山千の編集者に言葉巧みにねじ伏せられてしまいます。編集者の話術については、のちの章で詳しく解説しますが、編集者のほうから「会って話しましょう」と言われても、面と向かうと相手のペースに呑まれがちという人は断りましょう。「時間がとれないのでメールでやりとりさせてください」と伝えればよいのです。

前にも書いたように、貴方が相手にする編集者は大手の出版社勤務です。印税の未払いや延滞、会社そのものの倒産といったことは、とりあえず心配しなくてもよい状況です。そんな編集者を相手に、貴方はどんな要求をしておくべきでしょうか。

プロの作家になったのに儲からないという人は、契約前の協議が不充分なことが多いように思えます。「せっかく出版してくれるのだから言う通りにしよう」「黙っていても最善を尽くしてくれるにちがいない」「波風を立てたくない」「あれこれ条件をつけると、出版そのものが流れてしまうかもしれない」などと考えてしまいがちです。

編集者は敵ではないと書きましたが、と同時に貴方の直接の上司でもなければ、学校の先生でもありません。本の制作においてはパートナーですが、原稿の売り買いという商売として捉えれば、編集者は著者の取引相手です。だから譲らずにおくべきところを譲ってはなりません。著者にとっては、まず正当な額のギャランティが払われることが最重要です。さらに本がよく売れて重版がかかって以降、より多くの収益を得られるようにしておかねばなりません。

編集者に悪意はなくとも、サラリーマンである以上、会社の事情は無視できない立場にあります。新人作家に対しては、相場より安く買い叩くよう、上司から指示を受けている場合もあるでしょう。前もって適正な取引に改善しておくことが、将来にわたり小説家を続けていくうえでの必須項目になります。いずれ大きく稼ぐためには避けて通れない道です。

出版契約について「どのようなかたちでも結構です、おまかせします」と言ってしまうのは、知人の借金の連帯保証人になるのと同じぐらいの悪手です。そういう発言を、著者が誠意の証と考えていても、編集者はそのように受けとってくれません。

著者から編集者に要求を伝えることは、けっして無作法な振る舞いではありません。編集者のほうも「後から文句を言われるより、契約前に相談してほしい」と願っています。

まずギャラの形態を聞きましょう。「原稿買い取りで印税はつかない」と言われたら論外です。大手出版社の文芸編集者との取引で、そんな状況はあまり考えられませんが、ないとも言い切れません。印税契約を結んでくれるよう頼みましょう。

印税交渉は種まきの時点から

印税とは著作権者が受けとれる真っ当な報酬です。「税」というからには、税金の一種ではないかと勘違いする人もいますが、国に納める金ではありません。「単価×部数×印税率」が印税額で、著者の銀行口座に振り込まれます。

著者に支払われる印税率は最大で12％ですが、通常は5～10％ほどです。書店が22％、取次が8％、出版社が60％ぐらいと言われますが、これらは時と場合により増減します。出版社の取り分が多いのは、本の制作から販売、宣伝までコストをかけているため、やむをえないと言えるでしょう。

二〇二一年現在、出版物の初版部数は極力抑えられ、著者の初版印税が雀の涙という話はよく聞きます。しかし初版時点での稼ぎが少ないのは出版社も同じです。昨今の出版業界において、初版は「お試し発売」でしかありません。売れなかった場合の損失を低く抑える一方、売れた場合には製本コストを取り戻せるぐらいの部数が設定されます。さらに注文が入ってくるほど売れ行きが好調であれば、出版社は本を少しずつ増刷しつつ、着実に利益を得ていきます。そのうち売れ行きが低下すれば、増刷もそこで終わります。どんどん版を重ねた時のみ、大きな儲けとなります。

新人作家の場合、定価一八〇〇円の単行本を発売するとして、初版は二千部か、せいぜい三千部ていどに抑えられます。二千部だったとして印税が５％なら、著者に支払われる額は十八万円でしかありません。10％なら三十六万円です。

編集者が「著者の印税は５％」と言ってきたとします。そもそもが少額の初版売り上げの中から、差額にしてたかが十八万円を著者から搾取することに、なぜ出版社は必死になるのでしょうか。

初版は「お試し発売」にすぎません。ここから版を重ね、利益が膨大になった時、出版社の取り分を増やしておく必要があるのです。初版では十八万円の差にすぎなくても、どんどん増刷されたあかつきには、数百万、数千万円の差になってきます。

そうした事態を防ぐため、著者は「お試し発売」にすぎない初版時点から、印税率を譲らずにおく必要があります。ですから「著者の受けとれる正当な印税は10％と聞いています」と編集者に伝えてください。

「新人にそれはありえない」と言ってくるのが常です。その出版社のレーベルでは、著者の印税率が一律で決まっている、そんな説明がなされる場合もあります。

以下のように頼んでみてください。「処女作から重版がかかることはまずないでしょうから、差額は十八万円ていどでしょう。著者の生活の助けになるよう譲ってもらえませんか」と。

内心は初版うんぬんではなく、ベストセラーになった場合の莫大な印税が頭にあるのは、著者と編集者双方変わりません。それでも編集者の頭の片隅には「取らぬ狸の皮算用かもしれない」という思いがついてまわります。建前上、初版時点での印税率だけをめぐる議論に感じさせておけば、編集者があるていど譲歩してくれる可能性も高まります。

非常に多いのは「編集部では印税率と部数について何の決定権もない。関知すらしていない」と言われるケースです。これは事実ではありません。たしかにそれらを算出し決定するのは、編集部ではなく営業（販売部）です。しかし編集者には営業に掛け合えるだけの権限があります。また編集者が会社の代表として著者と交渉している以上、不明なことは営業に問い合わせる義務があります。

粘り強く交渉するうち、編集者が「新人は原則的に5％としているので」とこぼすことがあります。これは言葉の通り「新人なのだから妥協するように」と求めている場合もありますが、逆に「著者がどうしてもというのなら」と例外を認める空気が社内にあることの裏返しかもしれません。いきなり10％が無理でも、極力それに近づけるようにしましょう。新人で8％を勝ちとれば御の字ですが、「よく売れたら次作は10％でお願いします」と付け加えるのを忘れないでください。

「新人のくせに厚かましい」「かっこ悪い」「とてもできない」と感じる人もおられると思います。「小説家は作品で勝負するのみ、金は後からついてくる」という信条の人もおられるでしょう。そのストイックさを読者が知れば賞賛するかもしれませんが、貴方には将来にわたる生活があります。暮らしぶりに余裕が生じなければ、自由な作風など試しようがなくなり、編集部の要求通りに書く下請け作業を余儀なくされます。「貧すれば鈍する」の格言通り、よい仕事ができなくなるのです。

小説家として食べていければそれでいい、極端な裕福さなど必要ないと仰る人もいるでしょう。けれども多額の収入は自分の幸せのためばかりではありません。まず家族のためになります。次いで高額の納税による社会貢献につながります。自費で取材をしたり資料集めをしたりすることで、小説の完成度を高められます。刊行時期も急がずに済むため、その気になれば数か月の休息をとることも可能です。自分ひとりが食べていければいいと考えることは、ストイックというより、むしろ身勝手な場合もあるのです。

専業作家をめざすため、印税の交渉はしっかり行っておき、将来的に収入を増やせるようにしておくことをお薦めします。もし貴方の作品が一大ベストセラーになり、二億円の印税を得たとしても、5％だった印税を10％にしておけば、四億円を得られたはずなのです。

署名捺印後の「覆水盆に返らず」

ただし初版部数の決定は出版社にまかせましょう。部数については、類書の流通の実績などを踏まえ、営業が詳細に計算したうえで答えを導きだしています。無理強いできたとして多く刷ってもらったところで、出版社が在庫の山を抱えれば、次作の初版部数は大幅に削減されてしまいます。

事前に契約書の雛形をもらいましょう。文面をチェックしておけば後々のトラブルも防げます。印税が「発行部数」に基づくとの記載も確認しておくべきです。電子書籍でもないのに「実売部数」をベースとする印税にされていた場合、編集者に詳細を尋ねましょう。実際に売れた部数というのは、正確には算出しづらいはずで、会社も常時把握できるとは限りません。曖昧な数字をもとに報酬額を決められるのは、著者にとって不本意です。健全な商取引とは言えないため、改善を申し立てるだけの謂れがあります。

文庫化をその出版社に限るとする項目がある場合も、契約書から削除を求めます。単行本とは異なる出版社で文庫化することは、ごく普通にあります。

項目の削除を要請する場合、喧嘩ごしになってはいけません。編集者と会って話すのなら穏やかに切りだしましょう。メールでの要請も丁重な物言いを心がけるべきです。

契約の合意事項について、後になってSNSで文句を言っても、出版社との関係を悪化させるだけです。SNSのフォロワーは契約の詳細を何も知らないため、こぞって著者の肩を持って出版社を批判するかもしれませんが、それは単に著者がそう仕向けただけのことです。「〇百万部も売れるぐらい素晴らしい小説なのに、たった5％の印税で買い叩くなんて、せこい出版社！」と憤慨する人々は、そもそも著者が5％の印税に異議を唱えなかった事実を知りません。「デビュー作だったから出版社の言いなりにするしかなかった」と嘆くことはできますが、すべて自己責任だったことを、著者自身が一番よく分かっているはずです。

あまりに出版社批判の度が過ぎると、面倒な作家だと思われ、他社からの仕事が来なくなります。それどころか出版社から訴えられ裁判沙汰になることさえあります。いちどぐらいは他社が面白がって拾おうとしてくるかもしれませんが、しょせんキワモノ扱いです。「裁判の行方を本にしませんか」などと持ちかけられたりするのが関の山です。こうなるともう小説家を続ける意味すら曖昧になってきます。

Ⅱ部の第四章で詳しく述べますが、「映画化で大ヒットしたにも拘わらず、原作者は百万円しか受けとっていない」という暴露話が物議を醸したことがあります。しかしこれも原作者は、映像化オプション契約における百万円という額を、事前に聞かされていたはずです。原作使用料が明記された契約書に目を通し、捺印したのは原作者自身です。興行収入から歩合を受け取れるようにしたいのなら、契約時にそう言えばよかったのです。映画化の話がご破算になってほしくないため、原作者は安いオプション契約料であっても了承してしまうのが常です。

なお映画化それ自体からは百万円しか支払われなくても、ＤＶＤやブルーレイの印税は原作者に入ります。映画がヒットしたなら、それら映像ソフトの発行枚数も増え、印税額も莫大になります。同様に動画配信からも再生回数に応じて収入が得られます。大ヒット映画になったのに、原作者に百万円しか入らないというのは世間の誤解です。

第7条（類似著作物の出版）

① 甲はこの契約の有効期間中に本著作物と明らかに類似すると思われる内容の著作物もしくは本著作物と同一書名の著作物を出版せず、あるいは他人をして出版させない。

② 乙は、この契約の有効期間中に、本著作物と明らかに類似すると思われる内容の第三者制作の著作物もしくは本著作物と同一書名の第三者制作の著作物を、甲の事前の書面による承諾なく出版しない。

第8条（保　証）

① 甲は本著作物について完全な著作権を有していることを保証し、かつその著作物の出版（出版に伴う宣伝・広告のためにする各種メディアによる著作物の利用を含む）が第三者の有する著作権その他の何らの権利および利益を侵害しないことを保証する。

② 乙は甲のアイディアを無断盗用した類似作を刊行しないことを保証し、甲に迷惑をかけないものとする。

出版契約で留意すべき点は報酬ばかりではありません。著者側からの交渉しだいで、出版契約書に著者の権利を追記させることができます。上図の出版契約書、第7条と第8条は、従来それぞれ①の項目しかありませんでした。これを協議の末、両者とも②の項目を追加してもらいました。

通常の出版契約書では、著者（甲）が出版社（乙）の許諾なしに、似た内容の本を他社で出版することを禁じています。しかしそれなら、出版社側も著者の作品にヒントを得た類似作を企画するのを禁止されるべきです。なのに出版社はヒットした小説に似通った作品を、他の作家にどんどん書かせたりします。

小説のコンセプトの模倣は著作権違反になりません。だから類似作が次々と発表されるのですが、あくまで偶然の一致との主張でごまかされてしまいます。他社はいざ知らず、著者の小説が刊行された版元でそのようなことが行われるのは、コンビニのドミナント出店と同様に理不尽な営業妨害です。契約書にこういう項目を新設し、どれだけ抑制効果があるかは未知数ですが、少なくとも野放しにしておくよりは上等に思えます。

著者はこのように自分の作品に関する権利を守るため、予測されるトラブルに対し、出版契約時に先手を打っておくべきです。これも「新人のうちから勇み足が過ぎる」など躊躇しないことです。実際に作品がヒットした時、えてして関係者のあさましい対立構造が浮き彫りになるのは、この初期段階の契約内容がしっかり吟味されていないからです。双方が契約書に捺印した時点で契約は成立します。「新人なので逆らえなかった」「よく理解しないまま契約に同意してしまった」は通りません。捺印時には細心の注意を払って臨みましょう。契約書の文面にはきちんと目を通すことです。

出版社との対立とトラブルの回避

あまり知られていませんが、小説の場合「シリーズ単位での出版契約」なるものは、通常ありません。続編も同じ版元で出版するという項目が、出版契約書に含まれる場合もあるのかもしれませんが、そのような項目は削除を要請しましょう。同一の主人公の小説シリーズが、複数の出版社から刊行されるのは、こうした理由からです。著者としてはシリーズの次回作を最速、最良の条件で刊行してくれる版元から出せる強みがあります。作中のキャラクターを、他社で発売する別の作品にも登場させられるよう、出版契約時に確認をとっておくこともできます。このあたり連載漫画の出版社移籍とは事情がまったく異なります。

もっともライトノベルの場合は、イラストレーターによるキャラクターデザインが、コミカライゼーション（漫画化）やアニメ化に際し活用されるなど、小説家以外にも権利関係が及びます。よって単一の出版社でシリーズを継続するのが普通です。ライトノベルのビジネス展開には、一般文芸とまったく異なる慣例があるため、編集者からよく説明を聞いておきましょう。

出版契約書に明記された項目は、その後も法的効力を持つため、あらゆる判断についてはっきりとした指標となります。問題は契約書を交わすのが事後であるため、制作過程でのトラブルの解決が困難なことです。

初校ゲラが出て、その後のスケジュールが提示されていたにも拘わらず、急に編集者から「出版できなくなった」と聞かされたら、著者はどうするべきでしょう。ゲラ段階にまで進んでいた以上、出版社は小説を刊行すべく動いていたと解釈できます。著者はいずれ得られる初版印税を、確定済みの報酬として働いてきたわけです。口約束も契約ですから、出版社側が一方的に契約を白紙撤回はできません。

著者に落ち度はないのですから、まず話し合いを持ちましょう。第五章で書いたように、編集者の上司とつながっておけば、協議もスムーズになります。

日本人は訴訟回避傾向が強いと言われます。著者の側も裁判沙汰に労力と時間を奪われるのは得策ではありません。それに編集者は本来、著者の味方だったはずです。突然のトラブルにはなんらかの理由があります。

当初は著者を支持する気持ちに偽りはなかったのですが、企画を進めたのが実は独断の勇み足にすぎず、営業から強硬に反対されたなど、社内での複雑な人間関係が見えてくる場合もあります。いかに大手といえど、編集者が問題を起こすことはありえます。敵ではないにせよ、急な掌返しで貴方に迷惑をかけることもあるでしょう。

編集者本人との話し合いで解決できないのなら、上司に問題点を伝え、状況を改善できないか尋ねましょう。どうしても担当編集者が信用できなくなった場合は、他の編集者に代えてもらうことを要請します。これはなるべく控えるべき行為ですし、たとえ応じられなかったとしても、反発するべきではありません。担当編集者の上司に対し「今回の作品の出版に関しては他社をあたりたいのですが」と伝え、了承を得ることで穏便に済ませるべきです。近い将来、新たな担当を紹介してくれる可能性も生じます。

営業の人間に会わせてくれと言いだす作家も稀にいます。印税や部数を営業が決めているため、編集者と話していても埒が明かないと業を煮やし、みずから営業を説き伏せたいと望むのでしょう。しかしこれは何の意味も持ちません。著者が話し合うべきは編集者のみです。なぜなら著者と編集者は、あくまで原稿を中心にした関係ですが、営業の人々はまったく別の課題を抱えているからです。販売部や宣伝部の社員も、小説の出来不出来それ自体を評価する立場にはありません。ゲラを読むことはありますが、それは商品の内容を知っておき、市場のニーズに基づき最善策をとろうとしているだけです。

新人賞受賞後も契約確認は怠らない

貴方が新人賞を受賞しデビューする場合は、授賞式で歓待され、気分よく持ち上げられるでしょう。けれどもビジネスには冷静であるべきです。早めに「出版契約書の雛形をもらえませんか」と要求してください。その新人賞が第一回でなければ、過去の受賞作の出版契約書があるはずです。契約書の文面をよく読み、今回の契約も同じ内容かどうか尋ねておきます。

重要なのは賞金と印税が分かれているかどうかですが、これは公募時には曖昧にされていることが少なくありません。賞金額が高く設定されていながら、じつは刊行時の報酬については、すべて賞金に込みというケースもあります。

どのようなトラブルであれ、編集者が譲らなかったとしても、貴方を困らせたくてそうしているとは思わないでください。ほとんどの編集者は、編集長と営業の板挟みになりながら、親身になって最善の条件を提示しようと努力しているのです。人を好き嫌いで判断せず、信念に共感できるかどうか、その一点のみに着目しましょう。編集者を人として尊重できていれば、たとえ今回のビジネスでは縁がなかったとしても、また一緒に仕事をしたいと思えるはずです。そういう場合は編集者のほうも同じように感じています。

出版契約書は非常に重要ですが、実は捺印後、まったく内容を改められないわけではありません。貴方がベストセラー作家になったあかつきには、いくらでも融通を利かせてくれるのが出版社です。それまでの苦労が嘘のように、契約内容の改訂が受諾されます。売れたにも拘わらず、契約書を盾に足もとを見られるという事態は、大手では起こりえません。

著者の権限があるていど拡大すると、初版部数さえ条件を伝えられるようになります。その部数でなければ他社で出すという可能性をちらつかせれば、編集者も営業を説得せざるをえなくなるからです。営業は著者の他社における販売データを参照し、それでは多すぎると苦言を呈したりします。たしかに他社ではその初版部数ではあったものの、実売部数はそこに達せず、重版もかかっていないと反論します。

編集者はあくまで有名作家に配慮するか、営業の要請を呑むかの二択を迫られます。けれども貴方が将来ベストセラー作家になった時、編集者の腐心に気づいたのなら、初版部数にはこだわらない代わりに、印税率を上げることを条件にすべきです。

なぜなら初版部数は作品や状況によって上下しますが、いったん上がった印税率は下がりにくいからです。とはいえ最大税率の12％にしてしまうと、代わりに部数をさらに抑えられてしまう場合があります。お薦めは、12％も要求できるぐらいの作家でありながら、11％に留めるやり方です。まだ最大税率でないというゆとりを出版社側に与えれば、初版部数への締めつけも緩みます。

収入が後からついてくるというのは事実です。本質的には「小説を書くことが幸せ」というスタンスがあってこそ、仕事を継続できますし、執筆の腕を磨いていけます。けれども出版契約書を取り交わす立場にある以上、もうビジネスは始まっています。契約内容にはしっかり目を光らせ、いろいろ条件を固めていきましょう。もう幸せがお金を呼ぶ段階に来たのだと思ってください。

Ⅱ部　億を稼ごう

第一章　デビューの直後にすべきこと

専業作家になるための各種手続き

処女作が間もなく書店に並ぼうとしています。まだ売れるかどうかは分かりませんが、ひとまず作家としてデビューする日が迫ってきました。儲かる小説家になるために、この段階で何をすべきかお伝えします。

1・印鑑

もう多少なりとも初版印税が入ってくることは確定したので、専業作家をめざすにふさわしい準備に入ります。まずペンネームを刻んだ業務用の印鑑を発注します。

処女作の出版契約書は個人の印鑑で構いませんが、長期的に仕事をしていくうえで、大量の契約書に捺印を求められます。出版契約書はペンネームで構わないので、事業者であることを示す印鑑があれば、実名の個人印を捺さずに済みます。版元が貴方をプロの作家とみなしてくれる要因のひとつになります。

印鑑は丸印でも角印でも構いません。字体も篆書体、印相体、楷書体など自由に選べます（左の写真）。編集長が捺す法人印より小さくなければならないと言う人もいますが、そんなことはありません。

著者の印鑑はきちんと捺すべきではないという、変な観念にとらわれている作家も稀に見かけます。捺印が斜めになっていたり、薄くなっていたりするのが、多忙な作家の証なのだそうです。しかしそんなふうに考える出版社の社員は存在しません。たとえ編集長の印鑑が斜めになっていても、自分の印鑑はちゃんと捺すべきです。

事務所印として
小説家専用の印鑑を作る

2・開業届

税務署に個人事業の開業届を出しましょう。まだ専業作家になっていなくても、貴方は事業により継続して利益を得ることを目的とします。よって副業でも開業届が必要です。開業後二か月以内に青色申告の手続きを済ませれば、確定申告で青色申告特別控除が使え、節税につながります。

開業届に手数料は不要です。用紙は国税庁のサイトからＰＤＦファイルがダウンロードできるので、それに記入したうえで最寄りの税務署に持っていきます。休日でも税務署の時間外収受箱に投函すれば提出したことになります。郵送も可能です。

３・銀行口座開設

開業届を出していれば、屋号付きの銀行口座名が許可されます。ペンネームの銀行口座が開設できることになります。ただし窓口のみで受け付けてくれます。それに自宅や事務所から最も近い支店でしか口座を開設できません。開設まで一週間ほどかかる場合もあります。開業届はコピーでなく、原本の控えを持参しましょう。公共料金領収書、事務所の賃貸契約書などの提出を求める銀行もあります。詳しくは事前に問い合わせておきましょう。

口座名がペンネームになると言っても、メガバンクの場合、正確にはペンネーム（屋号名）と本名を併記した口座名です。振り込む側がネットバンキングやＡＴＭで手続きしようとすると、本名を併記した口座名が画面に表示されてしまいます。

しかし、ゆうちょ銀行の振替口座なら、ペンネームのみの口座が作れます。取引先に本名を明かさず振込依頼できます。とはいえ開業届の原本控えの他「事業内容が確認できる書類」を求められます。詳しくは窓口で尋ねましょう。ゆうちょ銀行の振替口座は、普通預金口座のように、全国どこでもATMで出金できるわけではありません。特定の店舗の窓口に行くか、ネットバンキングを利用する必要があります。

小説家は通常、振込先を出版社のみに知らせます。口座名を一般に公開するわけではないので、使い勝手も考え、銀行口座をどのようにするかを判断しましょう。

4・名刺作成

名刺は最初のうち、パソコンとプリンターで作成して構いません。かつては自宅以外の事務所の住所が記載されたうえ、電話とファックスの番号が分かれていることがステイタスでした。現在はメールアドレスが載っていれば充分です。携帯電話番号すら書かれていなくても、特に問題視されない時代になっています。

5・事務所

事務所契約も昔とは事情が変わりました。郵便物の送付先として住所を持つ必要があるので、自宅の住所を明らかにしたくない場合、事務所を借りるしかありません。けれども現在では、郵便物の受け取りと転送だけを請け負うバーチャルオフィスがあります。月額二千円以下という格安のプランを提供している場合もあります。電話秘書や会議室利用などの契約は、とりあえず必要ないので、最も安いプランを契約しましょう。

6・執筆環境

机と椅子がありあわせの物でしかない場合は新調しましょう。今後は作家の職業病、腰痛と戦っていかねばなりません。椅子に座面の高さや背もたれの角度調節機能は必須です。もたれたときの反発力の強弱も調整できればなおよしです。ランバーサポートや通気性への配慮も確かめましょう。

机は書類仕事用に最適化されていることが多く、パソコンの設置に向いているかどうかは、展示品をよく観察し吟味しなければなりません。処女作の執筆環境を想起し、最良と思える机を選んでください。机の奥行にも注意しましょう。モニターが近すぎると目が疲れます。天板の耐荷重も確認しておいてください。

著述業による収入が百万円を超えて以降は、マッサージチェアを買うことも考慮に入れます。ベッド式のカイロプラクティック・マシンは、マッサージチェアより高価ですが、腰痛の予防に役立ちます。いちいちカイロプラクティックを予約して出向かずとも、それなりの施術と同じぐらいの効果は得られます。

7・確定申告

初年度の確定申告は自分で行いましょう。小説を二作目、三作目と出せるようになったら、税理士との契約をお薦めしますが、まずは収入が低めで計算の楽なうちに、納税に対する理解を深めるべきです。「収入－経費＝所得」ですから、領収書をもとに、一年間にかかった経費を合計します。

「個人事業主は何でも経費にできる」という考えは誤りです。経費の可否はかなり明確に分けられています。眼鏡をかけていなければ仕事ができないと主張しても、原則的に眼鏡は経費になりません。そうした線引きを曖昧にとらえていると、それが悪癖となって定着化してしまいます。有名作家になってから納税トラブルを報じられるのは致命的です。そんな事態を避けるため、領収書の内訳のどれが仕事限定の出費だったか、しっかり区別する習慣をつけましょう。

8・作家協会への入会

新人賞を受賞しデビューした場合、日本推理作家協会や日本文藝家協会などの作家の協会には、自動的に迎えてもらえることが少なくありません。もしそうでなくとも処女作を出せば、書評を書いてくれた文芸評論家が推薦してくれることがあります。有り難い申し出なので是非受けておきましょう。

誰からも推薦がなくとも、担当編集者に頼んで、推薦してくれる会員に声をかけてもらうことも可能です。文筆業の同業者らは、たいてい仲間が増えることを喜び、推薦依頼を引き受けてくれます。

どの協会も年に二万円前後の会費が必要ですが、作家協会は同業者組合に似た性質を持ち、版元とトラブルが起きた時などに力になってくれます。パーティーで作家仲間や編集者と知り合う機会にも恵まれます。

なお作家協会のパーティーの席では、作家同士は「○○先生」とは呼び合いません。

「○○さん」と呼びましょう。

9・タイトルの商標登録

貴方が処女作に良い題名を思いついた場合、特にシリーズの共通タイトルにできそうであれば、商標登録をお勧めします（上図）。

題名の商標登録を行う小説家はあまりいません。しかし貴方は自分の作品を優良ブランドに育てていく必要があります。本のタイトルには著作権がありません。タイトルは小説に含まれていないと解釈されるからです。固有名詞を含まない題名の場合、小説に限らず映画や漫画、ゲームなどに盗まれてしまうリスクがあります。これを防ぐための商標権を得るのです。

まず「特許情報プラットフォーム」で過去の登録商標を検索しましょう。自分の考えた題名がすでに登録されていないことを確認します。次いで商標登録出願を行います。出願には料金の納付が必要ですから、詳しくは特許庁のサイトを見

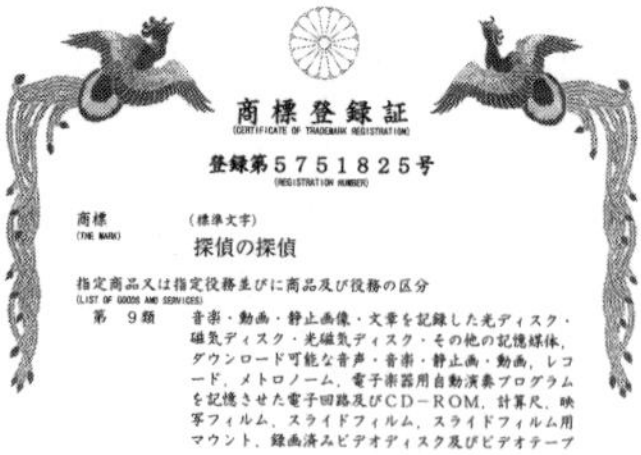
商標登録証
(CERTIFICATE OF TRADEMARK REGISTRATION)
登録第5751825号
(REGISTRATION NUMBER)
商標 (THE MARK)　（標準文字）
探偵の探偵
指定商品又は指定役務並びに商品及び役務の区分
(LIST OF GOODS AND SERVICES)
第　9類　音楽・動画・静止画像・文章を記録した光ディスク・磁気ディスク・光磁気ディスク・その他の記憶媒体，ダウンロード可能な音声・音楽・静止画・動画，レコード，メトロノーム，電子楽器用自動演奏プログラムを記憶させた電子回路及びCD－ROM，計算尺，映写フィルム，スライドフィルム，スライドフィルム用マウント，録画済みビデオディスク及びビデオテープ

小説のタイトルを商標として登録

てください。出願後、商標審査官による審査が行われ、認められれば商標登録がなされます。その際に登録料も別途求められます。

登録商標は、この世にあるすべての商品名を規制するものではありません。商標を使う対象となる商品やサービスごとの「区分」を、出願時に指定しておくことになります。小説の題名の場合は、第9類（音楽・動画・静止画像・文章を記録した光ディスク・磁気ディスク・光磁気ディスク・その他の記憶媒体、ダウンロード可能な音声・音楽・静止画・動画、レコード、メトロノーム、電子楽器用自動演奏プログラムを記憶させた電子回路及びCD－ROM、計算尺、映写フィルム、スライドフィルム、スライドフィルム用マウント、録画済みビデオディスク及びビデオテープ、家庭用テレビゲームおもちゃ用のプログラム、携帯用液晶画面ゲームおもちゃ用のプログラムを記憶させた電子回路及びROMカートリッジ、電子出版物）と第16類（印刷物）だけで充分でしょう。

つまり「千里眼」という題名が第9類と第16類に商標登録されている場合、他者が小説・映画・漫画などで同じタイトルを用いることは不可能になりますが、「千里眼ラーメン」は問題なく出店できるということです。

貴方が発想した題名なら問題はないのですが、もし編集者が決めた題名であれば、もちろん編集者に相談しましょう。商標登録は原則的に、貴方自身が考えた題名であることが前提となります。

二作目にはいつ着手すべきか

処女作の発売日を待たず、編集者にはすぐに二作目の話を持ちかけます。それと同時にもう執筆に入りましょう。一作目と同じく、あらすじのみを書いて編集会議にかけてもらうのは、得策ではありません。もう貴方はデビューした作家なのですから、小説を書き上げれば商品となります。書かない手はないのです。

実は一作だけ書いて、二作目が書けない作家は少なからずいます。一作目にすべてを出し切ってしまい、書きたいものが思い浮かばないというケースがほとんどです。しかしそれゆえ編集者は、すぐに二作目を仕上げてきた作家に着目します。次々と新作を書ける小説家は、出版社にとって貴重な財産となりうるからです。

「そう簡単に次々と執筆できない」「モチベーションがあがらない」と小説家が感じるのも当然でしょう。しかしだからこそ、まだ時間的余裕がある早い段階から、緩やかに『想造』の段階に入っておくべきです。新たな登場人物たちを創作し、ふたたび顔写真とプロフィールを壁に貼っておきます。二作目ではメインとサブの人数を自由に設定しましょう。数日もすればふたたび空想がぼんやりと発動し、物語が脳内に醸成されていきます。うまく浮かばなかったら、やはりキャスティングが悪いせいなので、新たな登場人物を作って入れ替えます。

もし前作の主人公に愛着があり、他に代わりがいないと感じるようなら、続編を書きましょう。特に一作目の売上が好調だった場合、続編は歓迎されるので、印税率や初版部数のアップにつながります。もし一作目が不調に終わったとしても、続編であることを前面に出さずに、共通の主人公の物語として書けばよいのです。二作目が評判を呼んだ場合、一作目も売れる相乗効果が期待できます。

隔月もしくは三か月に一作ぐらいのペースで新作を刊行している作家には、ゴーストライターがいるのではとの噂が囁かれます。しかし出版業界に関わっていれば分かることですが、小説家には代役などいません。代役に腕があれば、その人に編集者から声がかかるでしょう。大御所の名を借りねばならないほど、小説家のデビューに名は重要ではありません。むしろ評価が定まっていない新人のほうが興味を持たれたりもします。

ゴーストライターが存在するのは、タレントや政治家など有名人の本だけです。これも厳密にはゴーストというより、インタビューにより口述した内容を、本人が書いたような文章で代筆する作業です。書くのが苦手な有名人が無理に書いた場合、かえってうまく心情を表現できなかったりします。だから口述させたうえで、プロのライターの手で原稿にしたほうが、むしろ本人の著書としてふさわしい出来になるのです。

SNSと「二人目の編集者」への対処法

新人作家になると「ペンネームでSNSを始めなければ」と考えがちです。けれども急ぐ必要はありません。漫画家の場合は美麗な絵を発表することで、新たな仕事を得られる可能性もありますが、小説家はそれほどの効果が期待できません。

特にデビュー作の刊行前後となると、まだ作家の名も知れ渡っていないため、わざわざ検索してSNSを訪ねてくれる人も少数に留まります。新刊本の宣伝もさほど功を奏しません。業界人に知り合いが増えることを期待するかもしれませんが、SNS上のつきあいに留まることがほとんどです。

仕事の依頼も作家のSNSがなければ、デビュー作の出版社に問い合わせがなされるだけです。業界の慣わしとして、他社の文芸編集者が小説家を紹介してくれるよう頼んできた時、担当編集者は断らないことになっています。よってSNSがないせいで、小説家が大きな仕事を取り逃がすことはまずありえません。

すでにSNSを運用中なら、むしろ炎上などマイナス面にこそ注意する必要があります。飲酒した時や寝不足の時はSNSを控えましょう。思わぬ失言が小説以上に広まってしまったら元も子もありません。評論や批判精神があるのなら小説の中にこそ反映させるべきです。

デビュー作の出版後、他社から新作の執筆依頼が来た場合は、細心の注意が必要です。最初の版元では「○○さん」と軽い口調で呼ばれ、いかにも新人扱いされていたのが、他社の編集者は「○○先生」と丁重な態度をとってくれるため、そちらのほうが居心地よさそうに感じられるでしょう。

貴方の処女作が大して売れず、世間にも知れ渡っていないのなら、他社からの誘いは貴重です。新たな編集者とよく話し合い、依頼について検討しましょう。

しかし貴方が新人賞受賞作でデビューした場合や、一作目がベストセラーになった場合は、他社からの「二作目はうちで書きませんか」という依頼について、よく考える必要があります。その他社が最初の版元より、はるかに大きな会社でもない限り、依頼は断りましょう。

なぜならその他社なり編集者なりは、本を売る力がないからです。自社で新人作家を育て、売りだすことができないため、別の版元から彗星のごとく現れた貴方にさっそく声をかけたのです。その会社はあまり宣伝費をかけたがっていないか、営業面が弱いと考えられます。悪意があって貴方に連絡したのではありません。版元の苦しい経営状態を改善するため、他で当たった著者の力を必要としているのです。

こういう編集者は「なんでも自由に書いてください」と言ってくれますし、印税率のアップも約束するかもしれませんが、ヒットした一作目に比べ、二作目の書店での扱いはやや小さくなります。

一作目をヒットさせた版元のほうは、その収益もあり、より営業戦略を拡大してくれます。ですから一作目がベストセラーになった場合、二作目は同じ版元で出すことが推奨されます。中小の出版社にまで取引相手を広げるのは時期尚早です。

このように処女作が売れるか売れないかは、小説家にとって運命の分かれ道となります。どちらのケースについても、どう対処していくべきかを解説していきますが、その前に次章では、最も重要なビジネスパートナーについて分析します。

第二章　編集者との付き合い方

編集者がなぜ「敵」「悪党」に見えるのか

貴方にとって最初の担当編集者は、とてつもなく大きな存在に思えるでしょう。意気投合できれば申し分ないのですが、厄介なのはなんとなく相性を悪く感じる場合です。

これまでにも書いたように、編集者は基本的に貴方の味方です。そこは揺るぎないものと考えてください。誰もわざわざ貴方に意地悪しようとはしません。

ところが小説家の側からすると、編集者に悪意があるように思えてならない時が度々生じます。なぜそんなふうに感じてしまうのでしょうか。

編集者は会社員なので月給を得ており、安定した暮らしを送っています。なのに新人作家のほうは一作を書き上げてようやく、雀の涙ほどの初版印税をもらえるのみです。実情を知っているくせに、編集者は肝心の出版をずるずると引き延ばし、いっこうに発売日を決めてくれません。作家の懐事情から目を逸らす編集者が腹立たしく思えてきます。

けれども編集者が収入に恵まれているのは、そのために苦労して大手出版社への入社を果たしたからです。小説家に例えれば、ベストセラーを出し一定の地位を築いた状況に相当します。その意味では新人作家より先に、ひとつの大きな戦いを勝ち上がっているわけです。デビューしたての新人作家は、まだ編集者と対等な立場ではありません。

このように大手出版社勤務の文芸編集者は「少なくとも一発当てたベストセラー作家」に該当すると思うことです。編集者の態度が表面上は穏やかだと、なかなか立場の差に気づけないのですが、いったん正しく認識できれば、自分も早くベストセラーを出さねばと頑張る気になれます。

貴方の本が売れた時、編集者が掌返しで低姿勢になったように見えるかもしれません。しかしそれは階級の上がった貴方に敬意を表しているだけで、編集者が自尊心を失ったわけではありません。思いあがって醜態をさらさないようにしましょう。

特に中高年になってからベストセラーを出した人に多いのですが、さも尊大に振る舞うさまを、編集者は冷やかに見ています。過去にも編集者はそういう人間を山ほど目にしてきたからです。いい大人が小説の売れ行きに恵まれたぐらいで威張る姿は、とても滑稽です。その種の人格の持ち主は、作家として長く持続せず、何かしら問題を起こし消えていきます。編集者にとっては日常茶飯事です。

実は小説家に対し、憤りの感情を示してはならないというのが、文芸編集者の不文律です。先輩社員からそのように申し送られています。よって編集者が腹を立てないからといって、小説家は驕り高ぶるべきではありません。編集者の逆鱗に触れることはなくとも、使い物にならないと見なされれば、小説家は仕事を干されます。

貴方がベストセラー作家なら、椅子にふんぞりかえって高慢な態度をとらずとも、ただぼそぼそと喋るだけで、編集者は真剣に耳を傾けてくれます。短い言葉ほど効果的です。「印税率を上げてもらえませんか」という端的な願いにも、編集者は「上に相談してみます」と返してくれるでしょう。この場合、編集者の言葉は舌先三寸ではありません。ちゃんと社内でかけあってくれます。約束事にいちいち不信感を持つべきではありません。

編集者に期待すべきか

「売れてからの話などいい。問題は売れていない現状での編集者の態度だ」「メールの返事すら催促しないと寄越さない。いつも忙しさを言い訳にしている」などと仰る人もいるでしょう。そういう時でも、ひとまず編集者は正直者だと思ってください。あえてわざわざ反感を買うように振る舞う理由など、編集者にはありません。ただ編集者は実のところ、恐ろしく多忙なのです。

アメリカの出版社でエディターというと、強大な権力の持ち主ですが、日本の編集者は激務に追われています。ひとりの編集者につき、数十人もの作家を担当するうえ、ありとあらゆる雑務をこなさねばなりません。そのうえ出版は水もので、思惑通りに結果を出せるのは稀です。営業が前向きになっていない新刊について、「会社の総力を挙げて売っていきます」と作家に嘘をつけるほどの余裕もありません。権謀術数を駆使すべく熟考している暇はないのです。「ただもう正直に生きるしかない」それが日本の文芸編集者なのです。

新人作家にとって担当編集者は、唯一頼りにできる業界人です。しかし編集者も人間です。自分と同じような作家を数十人も抱えているのだと思い直し、過度な期待感を持たないようにしましょう。

編集者に期待すると、そこに生じる希望が叶わなかったとたん、不満が募ってしまいます。「なぜ思うようにしてくれないのか」と立腹することになります。期待が裏切られた時、人は失望を避けられません。期待が希望を生み、失望につながります。

人間関係を改善するためには、相手に期待するのではなく、自分の能力をいかんなく発揮し、関係者らに対し何ができるのかに限定して考えるべきです。何かを得るためには、まず自分から何かを与えねばなりません。小説家と編集者の場合、小説家にできることは当然、素晴らしい小説を書くことです。「売れる小説を書けば、ぎくしゃくした関係にならずに済む。まず小説を書こう」が健全な心の在り方です。

自分の能力を突き詰め創作に没頭するうち、作品内に自信を持てる部分が増えていきます。「自分にはやはり小説家としての才能がある」と思えてきたら、それはうぬぼれではありません。自分の長所のいくつかを新たに発見できたのです。同時に自己肯定感も上昇したはずです。すると身近な他人、特にビジネスパートナーたる編集者も、自然に肯定できるようになってきます。

これは自分の知る人間というものが自分自身だからです。自己否定に陥っている時には、人間とは忌まわしい生き物だという考えを捨てきれません。しかしひとたび自己肯定に転ずれば、人間なら誰にでも肯定すべき点があって当然と感じます。このため編集者の良い面が見えるようになってくるのです。

思い切って編集者への期待を捨て、切磋琢磨に徹しましょう。小説づくりに没頭し、創意工夫を続けるうち、小説家のレベルは上がります。自分の変化により編集者も変化して見えてきます。

「編集者の態度別」小説家ランク測定法

一方で編集者の示す態度が、小説家の現状のバロメーターである側面もたしかにあります。どのように観測できるのか、いくつか例を挙げてみます。

・編集者が打ち合わせに来るのではなく、小説家のほうが会社に呼ばれる

デビュー前なら当然のことです。しかし処女作を売った後も同じ待遇であれば、出版した処女作がまだ利益を生むに至っていないと考えるべきです。処女作に重版がかかったとしても、それは初版を低く見積もっていたからで、三版（三刷）にはまず届かないという場合、編集者は作家を呼びつけるのに躊躇がありません。重版とはベストセラーと同義ではありません。

・出版社のラウンジでの打ち合わせではなく、雑然とした編集部の机に並んで座らされた

小規模な出版社ならやむをえないことであり、むしろフレンドリーさを示そうとしてくれています。しかし大手出版社の場合、作家というよりライターの扱いを受けていることを意味します。コラムやインタビュアーなど、こまごまとした仕事を持ちかけられたとき、受ける受けないは小説家の自由です。

・打ち合わせ中に編集者のスマホが鳴り、電話に出るのを優先された

これと同じレベルに「編集者の知人が通りがかり、小説家を無視し談笑を始めた」というのがあります。残念ながらこの小説家は編集者にとって、まだ電話の相手や通りすがりの知人ほど重要な人物ではないようです。どうあっても次に出す本をヒットさせましょう。

なお編集者に立腹するあまり、「他社で本を出しベストセラーを記録して見返してやる」と思うことがあるかもしれませんが、小説家が予想するほど効果的ではありません。他社は他社と割り切ってしまうのが編集者です。もしそちらでもヒットしなかったら、いよいよもって醒めた目を向けられてしまいます。それより同じ編集者のもとで二作目をヒットさせ、版元を儲けさせるべきです。待遇は確実に改善します。

・メールの返事が来ない

次回作のあらすじや原稿を送ったにも拘わらず、待てど暮らせど返事が来ないという状況です。これ以外にも、毎回の返信が非常に遅かったり、文面が必要最低限の情報のみだったりする場合も同じです。

催促しても、多忙を理由に待つよう頼まれます。「繁忙期に無理やり進行して、○○先生の作品のクオリティを下げたくはありません」というような文面は、一見まだ出版に前向きなようで、実は断り状と同じです。編集者が「暇になった」と自己申告しない限り、永久に制作に入らずに済むからです。前述の通り、編集者が絶えず忙しいのは事実であるため、いつまでも着手しなかったとしても大義名分が立ちます。作品を尊重しているようにも装える名文です。

ただし小説家は、自分に落ち度がないかどうかも確かめねばなりません。貴方のほうは、編集者からのメールにすぐ返信しましたか？　忙しさにかまけて、返事を先送りにしませんでしたか？　小説家の側からは急いで返信しなくてもよいと、勝手に思いこんでいたのではないですか。ただちに反応したのではかっこ悪いとか、編集者からの指示は伝わったから特に返事をしなくてもよいとか、さまざまな理由で返信を怠ったりしませんでしたか。貴方から付き合いの悪さを印象づけていないか、いちど振り返ってみてください。

さんざん催促してもメールの返事が来なかったり、いつまでも忙しいと言われたりするのなら、あきらめて他社に営業をかけましょう。専業作家になって稼ぐ以上、停滞している暇はありません。


なおどの場合であっても、小説家が終始謙虚にしていれば、次に顔を合わせる機会があった時、編集者は気遣いを示してくれるものです。編集者は小説家に対し、申し訳なさを感じています。小説家が憤慨せず辛抱していることにも気づいています。編集者が小説家を人間的に嫌っているわけではありません。ただ編集者にとって、ビジネスの優先順位がまだ低いだけです。

編集者の顔や話し方、服装が気にいらないからといって、むやみに毛嫌いするのはやめましょう。ベストセラーの見込みのある作品を書けば、編集者の顔つきも変わります。ビジネスの優先順位を上げさせるため、小説家は次回作に注力するべきです。

異性の編集者に恋心を抱いたら

編集者との人間関係がしんどくなると、誰とも関わらずに小説を発表し、収益化できないかと考えるようになります。アマゾンの電子書籍配信サービス「ＫＤＰ」、報酬プログラム付き小説投稿サイト「ノベルバ」、有料ブログ「ｎｏｔｅ」「Ｂｒａｉｎ」などをメインの仕事にできないかと思うでしょう。特にＫＤＰは出版社の電子書籍と肩を並べられるうえ、アマゾンとの独占契約なら70％の印税を得られるため、試す価値はあるように感じられてきます。

しかしＫＤＰの配信者はユーチューバーと同じく、立場がアカウントを取得した一ユーザーでしかありません。どれだけ売上を伸ばしても運営元との関係は変わらず、たとえ一方的にアカウントが削除されたとしても、異議を申し立てられません。運営元が規約違反と見なせば、問答無用で配信を中止させられることになっています。協議に持ちこむにしても途方もないエネルギーが必要になります。なにしろ相手が何者なのかまるで分からないからです。これは他の収益化可能な有料テキスト提供サービスでも同じです。

一方、出版社の編集者は血の通った人間です。話し合える余地があり、出版された小説に対しても、会社として責任を共有してくれます。ネット上の収益化サービスを用いた小説の「直売」は、本来なら出版社がやってくれる雑務も、すべて自分ひとりで引き受けることを意味します。責任もひとりで負います。それらあってこその印税70％です。

ネットでの「直売」は、人間関係に煩わされずに済むようでいて、結局は「見えない誰か」、それも出版社の編集者よりずっと強大な権限を有する、神のような人物と付き合わねばなりません。専業作家になるのであれば、出版社の編集者と仕事をするほうが安心できるでしょう。ネットの配信収益化サービスは、すべての新人賞で落選し、あらゆる出版社から断られた作品の、最後の小遣い稼ぎの機会だと思ってください。そこでその作品を配信する際には、紙の出版をめざし次回作に取りかかっているべきです。編集者も人間であると理解すれば、時おり失態が生じるのもやむなしと思えるでしょう。最も多いのは校正漏れです。

よほど腹を立てた小説家がいて、過去に争いになったのか、某社の出版契約書の第9条は「校正漏れがあったとしても著者の責任」と強調しています（105頁の図参照）。けれども校正は連帯責任であり、最終的には「著者」たる小説家に文責があります。会社側を責めるのは誤りです。

細部まで目を凝らしたはずが、単純なミスが残ってしまったという点で、小説家も自分の落ち度を認識しているでしょう。しかし普段から編集者への反感や憎悪を募らせているため、怒りをぶつける衝動に抗いきれなくなるのです。

こういう時には頭を冷やすしかありません。小説に誤字脱字が残ってしまったことは、なにより読者に申し訳ないと思うべきです。深く反省し、次は同じミスを繰り返さないよう、謙虚さをもって仕事に臨む必要があります。完璧が無理でも、絶えず完璧を期すよう努力するのみです。逆ギレはもってのほかです。

不服だからといって、ＳＮＳで編集者や出版社への不満を綴ってはなりません。トラブルが正当なものであれば、作家協会や顧問弁護士への相談で解決できるはずです。校正漏れを編集者のせいにするなどの行為は、正当なトラブルに含まれません。連帯責任だったと認め合い、今後の結束を強めるべきです。編集者はそういう小説家にこそ気を許してくれるものです。

編集者との人間関係は対立を生むばかりではありません。小説家が独身の場合、異性の編集者に対し、恋心が芽生えることがあります。ロマンチックな話に思えますが、出版業界では比較的よくある話です。

作家と編集者の関係が、男女の付き合いに発展したからといって、咎められることはありません。編集者の立場が悪化したり、会社から処分を受けたりすることも起こりえません。職場を同じくする異性同士の恋愛模様でしかなく、誰にも邪魔はできないのです。

大御所の作家による編集者へのパワハラ、あるいはその逆でなければ、いたって健全な恋愛と言えます。社会人として互いを尊重できていれば問題は起きないでしょう。ただし仕事とプライベートは完全に切り離して考えるべきです。

対面時に発揮される編集者の話術

意見のすれ違いについてメールでは埒が明かず、編集者に直接会うこともあるかと思います。その場合は穏やかに話し合いを持ちましょう。

貴方の要望がなんであれ、冷静さを失わないようにしてください。ほとんどの編集者は一流大学を出て、難関をくぐり抜け大手出版社に就職しています。個人事業主たる作家への対応も心得ています。編集者がどのような話術を使うか理解しておいてください。

面会が一時間だとすれば、前半三十分、編集者は聞き手にまわります。小説家の主張にけっして口を挟まず、ただ何度もうなずきながら、すべての不満を吐きださせようとします。

三十分経った時点で、編集者は「なるほど、つまり仰りたいのはこういうことですね」と、小説家の主張をまとめてきます。

この「まとめ」は小説家の頭を冷やさせる効果があります。いろいろ鬱憤が溜まっていたはずが、総括してみるとたったそれだけのことでしかなかった、そう小説家に自覚させるのが編集者の目的です。

もし貴方が編集者にそのように言われ、すなおに落ち着きを取り戻したのであれば、それは恥ではありません。問題がたいしたことではないように思えてきても、編集者に言いくるめられたのではなく、貴方自身が本当にそう思ったのです。自分でも考える余裕が出てきたため、さまざまな事情を納得できるようになったのでしょう。

何度か編集者と話し合ううち、こうした編集者の話術に気づくようになります。それでも編集者に促される通り、自分が主張したことの「まとめ」に耳を傾け、じっくり考えてみましょう。編集者は誘導尋問を行っているのではなく、あくまで小説家をサポートしようとしています。冷静になればこそ、まだ解決できない問題が残っていれば、それについて編集者に問い質せるはずです。

このように編集者と会って話せる機会は有意義に利用し、建設的な協議を心がけましょう。最初から喧嘩ごしで乗りこんだのでは、自分に目を向けることもできなくなります。みずから仕事に対立構造を持ちこむのは勇気とはいいません。「個人事業主の権利を守るために戦う」とスローガンを掲げるのは自由ですが、社会運動家になるために編集者と知り合ったのではないはずです。出版社の社員を相手に揉めごとを起こせば当然、ベストセラー作家になる日は遠のきます。

編集者も小説家に伝えづらいことを伝えねばならない時があります。一作目に比べ、二作目の初版部数を削減する時などです。ただでさえ少なくて申し訳ないと思っていた部数を、さらに減らすのですから断腸の思いです。小説家だけでなく、編集者自身も辛さを味わっています。売れると思って企画を通し、寝る間も惜しんで校正作業に追われてきたという意味では、小説家と苦楽をともにしています。本の売り上げが芳しくなかったからといって、誰も作家ひとりを責めてなどいません。小説家に課せられた義務は、次は重版がどんどんかかるよう、よい小説にする努力だけです。

編集者に会って話したうえでも、なお自分のSNSに愚痴を書きたくなる場合、思い切ってSNSのアカウントを削除してしまいましょう。

そもそも小説家は文章を著すのが仕事です。他の業種ならともかく、本業で文字を打ち、SNSでも文字を打つというのは、脳が仕事の延長線上にとらえてしまうため、あまり気分転換にはなりません。気晴らしには何か別の趣味を見つけるべきです。

編集者もトラブルを危惧し、小説家のSNSに否定的な場合がほとんどです。ところが中には小説家のSNSを推奨する編集者もいます。小説家がフォロワーを増やせば、新刊を告知した時、影響力が増すと言ってきます。

ただし編集者のこの発言は「貴方の本の宣伝について、弊社は金をかけない」という意味を含んでいます。やはり編集者の示す態度は、常に小説家の現状を表すバロメーターなのです。

貴方は自分の将来にのみ目を向けましょう。デビュー作が売れなかったからといって、悲観する必要はありません。次章で詳しく解説していきます。

第三章　デビュー作がヒットした時、しなかった時

成功が確信できるまでの経緯

デビュー作の評価がはっきりするまで、半年以上はかかります。その間は状況を見守らねばなりません。ベテラン作家の場合、一か月もすれば売れ行きが確定したとみなされますが、新人作家は未知数の要素が多く、それなりに月日が経過しないと結果が分からないものです。

読者の口コミはじわじわと広がっていき、ある日一気に火がつくこともあります。雑誌や新聞に書評が載ると、突然知名度が上がったりもします。さまざまな文学賞の候補となり、受賞に至ったりすると、出版社もそれを大きく謳って宣伝に乗りだします。「夏の一〇〇冊」などの文庫フェアに加えられたのがきっかけで、急に売れだす例もあります。

世間の目には突如として話題になったように映りますが、著者や担当編集者からすると、まだベストセラーとは呼べない段階でも、限られた読者の反応に手応えを感じている場合がほとんどです。その後、評判が拡大していく過程でも、それが順当であるかのようにとらえています。

ただし当初は、増刷されても小ロットずつでしかなく、総部数はさほど伸びません。収入もたいしたことがないため、話題になる状況にはほど遠いように思えます。大型書店での平積みや、文芸評論家による書評を目にしても、「出版社の営業が力を入れてくれているのに、なんだか申し訳ないな」とぼんやり感じるだけです。それこそ本がよく売れていなければ起こりえないことばかりですが、小説家はデビュー作であることもあって、まだ状況を正しく把握できません。

そうこうしているうちに、いつの間にか増刷の知らせが頻繁に来るようになり、しかも一回の増刷の部数が目を疑うほど多くなっていきます。それでも「出版社が強気に売り込んでいるにすぎず、世の中は見向きもしていないだろう」という考えは捨てきれません。電子書籍のベストセラーランキングの上位になっても、そもそも電子書籍の収入など微々たるものと編集者から聞かされているせいで、本物の人気だとは思えずにいます。やがて文学賞の候補になったり、映像化の依頼が来たりする頃、ようやく銀行口座の預金額が膨れあがってきて、どうやら本当に売れたようだと実感するのです。

たしかに当初から読者の高評価は実感できていたものの、ベストセラーになってほしいという願いとは裏腹に、さして売り上げが伸びていないと思いこんでしまう、これはデビュー作がベストセラーになった小説家に共通する心理です。収益面に反応が表れるのが遅いため、本当に人気を博しているとは信じられないのです。書店で売り上げが伸びていても、増刷が決定するまでは日数がかかるうえ、実際に印税が振り込まれるのはさらに先です。電子書籍が常時ダウンロードされていても、多くの出版社では電子書籍の売り上げについて、半年に一回まとめて印税を振り込みます。よってかなり経ってから預金額が急に増えたように感じます。

小説が話題になった時点で、周りの人々が著者を賞賛しても、著者は「そんなにたいした状況じゃありません」と言います。これは謙遜しているのではなく、本当にまだヒットを実感できていないのです。このあたりは読者一人ひとりの顔が見えない小説ならではと言えます。

映画のヒットは興行の初日から誰の目にも分かります。ドラマの高視聴率もＳＮＳで大騒ぎになるため、番組を観ていない人々も評判だけは知ることになります。ところが本の場合はベストセラーになっても、そこまで急激な盛り上がりはありません。

CDシングルはじわじわ売れようと、あちこちでよくメロディーを耳にするようになるため、音楽に興味のない人々もヒットを実感します。小説は主に読書家しか注目せず、あえて読もうとしなければ内容も分からないため、ヒットが可視化されるのが遅いのです。

失敗は誰の目にも明らか

ここで重要なことは、小説家がベストセラーを実感するのはかなり先でも、当初から手応えだけは感じているという点です。まだ少数であっても、読者の反応のよさは伝わってきます。ネット上のレビューも高評価が多数を占めます。発行部数のわりにレビュー数自体がかなり多くなります。担当編集者は実売部数のデータを知っているため、小説家より先に成功を確信します。編集者が褒めてくれるため、小説家も作品の出来には満足しています。

つまり傍目には、月日が経ってから急にブレイクしたように見えても、小説家はまだデビュー作が広く話題になっていない時点で、あるていど自信を持っているのです。少なくとも失敗作とは感じていません。これがベストセラー前夜に特有の状況と言えます。よって処女作の売り上げが芳しくなく、レビューもつかず、ひと握りの熱心な読者も獲得できなかったのに、ある日突然売れだすということはないと思ってください。

セールス面での敗北は、わざわざ誰かに説明してもらうまでもなく、著者自身がひしひしと肌身に感じています。本の題名に触れたSNSのコメントは、版元の新刊案内情報のみ。本に言及する個人ブログも、カバーデザイナーの「本の表紙を担当させてもらいました」という記事だけ。アマゾンのランキングはさっぱり上がらず、編集者からのメールも来ない。それらすべての状況が実状を伝えてくれます。

取次（出版社と書店の間をつなぐ流通業者）のほうでは、もっと明白に「売れなかった本」を把握しています。本は書店に委託販売されており、委託期間の一〇五日間以内なら、書店の意思で返品可能です。この一〇五日間を過ぎると、取次が本を受けとってくれません。大型書店の棚は、毎日のように入荷される新刊本を並べるため、常にスペースを必要としています。よって売れない本は棚から排除され、一〇五日を待たずして返品されます。

書店は返品する本ばかりを段ボール箱に詰めこみ返送します。取次の返本センターで箱の中身が出版社別に仕分けされたうえ、それぞれの出版社に送られます。売れなかった本はこうして出版社の倉庫に戻るのです。ですから出版社も返本率をはっきり認識しています。著者に対しては、ほどなく編集者の態度の冷たさとなって表れます。

とはいえデビュー作が売れなかったとしても、すでに商業出版を果たしプロになった以上、その立場を無駄にするのはもったいないと思うべきです。また本書のⅠ部第二章に戻り『想造』の段階からやり直しましょう。

嫌気がさして小説から逃げたくもなりますが、その逃避の衝動こそ、新たな空想に没入するきっかけになります。ふたたび魅力的な登場人物たちを作り、壁に貼りだしてください。まだ『想造』を始める気にならなくても、登場人物だけは作って壁に貼っておきます。すると気が進まないままであっても、数日も経てば「こいつは要らないな、他の誰かに変えるか」ぐらいは思うようになります。登場人物たちを入れ替えながら、メインとサブのメンバーを固めていきましょう。二作目はもう総人数を自由に設定してください。

『想造』にアルコールの力を借りないようにしましょう。飲酒時に登場人物たちの葛藤が思い浮かんだとしても、酔いが醒めてからもういちど想起すると、夢中になれる内容ではないと感じます。酒を飲まないのなら、それに越したことはありません。『想造』は頭の冴えている時に行う習慣をつけてください。

重要なのはやはり脳内で物語を完結させることです。見切り発車で原稿に取りかからないようにしましょう。産みの苦しみは『想造』段階にこそ伴います。そこから逃げて他のことを空想したくなったら、そちらの思考にこそ『想造』のフィールドがあると思うべきです。舞台となる風景写真三枚を、「逃げの空想」で浮かびがちな場所に差し替えましょう。

ノンフィクション作家は、取材で見聞きした出来事をもとに、原稿を綴ります。何もかも見てきたように書くためには、『想造』の物語を経験したがごとく、脳内で完結させておいたほうが好都合なのです。執筆こそ楽に思えるかもしれませんが、踏みとどまってメモひとつとらず、思考のみをめぐらせてください。

『想造』による物語の脳内醸成は、同じように繰り返していても、徐々に登場人物が変化していきます。これは実生活での出来事や、出会った人々が影響を与えるからです。著者自身が人として成長した証でもあります。変化に戸惑うのではなく、登場人物に深みが出たと考えるようにしましょう。

デビュー作が売れなかった場合の二作目の書き方

とはいえデビュー作が売れなかった事実は変わりません。挫折感に打ちひしがれ、『想造』が思うように進まないこともありえます。

貴方自身の性格が反映されやすいという点で、『想造』は貴方らしい小説を書くのに適しています。小説の書き手が誰であろうと、その人の内なるものが表現されていれば、広く読書家にとって興味深い作品になります。しかしデビュー作が大多数に受け入れられなかった以上、物語の表現において、何か別の魅力が必要とされています。二作目の『想造』はこの点に留意しながら進めましょう。

登場人物たちの葛藤が思い浮かんだ時、物の見方を変えてみてください。恋愛、友情、敵対など、どんな関係があるにせよ、貴方自身はそれをどうとらえていますか。楽観的に受けとっているのなら、悲観的な物の見方を試してみましょう。今までとは異なる感情のフィルターを通して、登場人物たちの関係を眺めるのです。人格に別の側面が浮き彫りになってきて、特定の登場人物がより魅力的に感じられてくることがあります。その場合はそちらのアプローチのほうが、効果的な物語になりえます。

登場人物の性格が複雑になりすぎた時には、あえて突き放し俯瞰しましょう。木を見て森を見ない視点が、物語の流れを滞らせていたのかもしれません。俯瞰するように登場人物たちを広く浅くとらえると、それぞれの人格が絡み合い、興味深い群像劇を形成したりします。

あるいは登場人物たちの葛藤について、いったんそれを保留にし、その葛藤とは真逆の関係を思い描いてください。男女のキャラクターが対立構造であれば恋愛関係にします。その逆も効果的です。「もしもこのふたりが仲良しでなく対立していたら」などと考えます。物語が急激に動きだすことがあります。

前日『想造』した物語を、翌日になって想起した時、まるで面白くないと感じることもあるかと思います。一日経って冷静になり、客観的な思考で物語を捉え直した結果です。無理にそこから『想造』を続けたりせず、前日分をリセットし、物語を再構築してください。舞台となる三枚の風景写真を総入れ替えするのが適しています。壁に貼られた登場人物たちを眺め、それぞれに動きだすのを待ちながら、貴方自身がより楽しみを求めましょう。登場人物たちに昨日とは異なる感情を向ければ、それぞれの行動も変化してきます。

　登場人物たちがいくつかのグループに分かれてしまい、各グループが交わることなく物語が進むこともあります。すべてのグループ内の人間模様を並行して思い描くよりは、どのグループが最も気になるか自問自答してみましょう。それが主人公のいるグループでなければ、主人公にする登場人物の選択を間違っています。興味深いと感じたグループの中心人物を、いったん主人公に仮設定します。それにより他のグループが本筋に交わってきた場合、その登場人物が主人公にふさわしいことを意味します。そうでなければ新たに主人公となりうる登場人物を創造しましょう。

　デビュー作が「小さくまとまりすぎている」という評価を受けることがあります。タブーを気にし過ぎて、登場人物の行動に制限を加えてはいませんか。『想造』の物語は途方もなく弾けているべきです。「高尚な文芸でなければ」と考えがちな堅苦しさを捨て、たとえ純文学であっても、子供のように自由な発想に徹してください。

『想造』の段階が終わり、Ｗｏｒｄファイルにあらすじを書く時、くれぐれも一行四十字という字数制限を守ってください。三部構成に綴る十行・二十行・十行という行数もです（Ｉ部第三章参照）。作りこみすぎたあらすじは、執筆時の原稿に動脈硬化を引き起こします。適度な緩さが創作における柔軟さにつながります。多くの人々が楽しめる小説にするには必要なことです。

あらすじの再検討とケース別改善法

あらすじを書き上げた時点で、六つの点に気をつけて読み返しましょう。「起伏がありすぎる」「起伏がなさすぎる」「展開が速すぎる」「展開が遅すぎる」「終盤の山場が唐突すぎる」「終盤の山場がなかなか盛りあがらない」これら六つのいずれかに当てはまると感じたら、あらすじの脇にそのように書き添えます。あらすじ自体を書き直してはなりません。

・「起伏がありすぎる」「起伏がなさすぎる」場合

起伏は無理につけたり抑えたりするのではなく、原稿執筆の段階で表現を調整します。起伏がありすぎるのなら、展開はそのままに文章表現を控えめにします。逆に起伏がなさすぎる場合は少し大げさな表現を心がけます。

・「展開が速すぎる」「展開が遅すぎる」場合

展開が速すぎる時には、小説全体のページ数を増やし、文章を緻密にすることでゆっくりとストーリーを綴っていきます。反対に展開が遅すぎる場合は、ページ数を圧縮して文中の表現を簡略化し、読み手にスピード感を提供します。

・「終盤の山場が唐突すぎる」「終盤の山場がなかなか盛りあがらない」場合

山場が唐突すぎるのなら、そこに至るまでの展開を数ページ増やし、物語のロジックを詳細に固めます。山場がなかなか盛りあがらなければ、それ以前の何ページかを思い切って削除し、物語の展開を速めます。

『想造』で紡ぎだした物語は貴方の財産です。貴方らしさに満ちた独創性の強い物語であり、だからこそ読者を魅了します。あらすじを書く段階で、へたに物語に手を加えたのでは、生き生きとしていた登場人物たちの行動に、作為的な不自然さが生じます。これは天然の食材を加工し、添加剤まみれにするようなものです。物語をいじるのではなく、文章表現による調整に委ねましょう。そうした工夫はむしろ小説の面白さを向上させます。

名誉挽回のための二作目執筆の注意点

原稿の執筆に入ったら、ひとつのセンテンスの長さに気をつけましょう。長すぎる文章は情景を分かりづらくさせます。ふたつの文章に分割したほうが読みやすくなったりします。

比喩は独りよがりになりがちです。「〜のように」の多用も文章として美しくありません。少しでも伝わりづらいと思ったら、比喩ではなく直接的な表現に改めましょう。

うまく書き進められない場合は、物語の第一章をあえて飛ばし、第二章から書いてみるのもひとつの手です。あらすじが手もとにあるうえ、脳内にも『想造』した物語があるのですから、第一章を書かずとも執筆に支障はないはずです。小説の全編を書き終えてから、第一章を書きます。必要な描写だけに絞りこんだ、端的な導入部が書けるでしょう。

凝った表現を多用しすぎる癖がある場合、改善しなくてはなりません。語彙は豊富であるに越したことはないのですが、そもそも内容が伝わらない文章は存在価値がありません。まわりくどい表現を削除し、分かりやすさを心がけるべきです。漢字も多用しすぎないようにしましょう。ざっと原稿を眺め、漢字が多すぎると思うようなら、適度にひらがなに置き換えるようにします。

ひと段落が長すぎると読みづらさにつながります。適度に改行を入れて読みやすくします。Ｗｏｒｄ文書での執筆なら、改行位置をいろいろ試せるので、繰り返し行って最適な場所を見つけましょう。

複数の登場人物が一堂に会している場合、文中で主語が後回しになっていると、誰の行動や台詞なのか分からなくなります。主語はなるべく冒頭に置くようにしてください。

二、三ページ書いたらプリントアウトし、文中の形容詞すべてに印をつけます。一ページあたりの形容詞が多すぎると感じたら、削れる形容詞を複数抽出してください。いくつかの削除すべき形容詞を決め、Ｗｏｒｄの原稿に反映させます。

小説執筆の早い段階でこれをやっておくと、不要な形容詞を抑えた文章が書けるようになります。Ｗｏｒｄ上の機能で形容詞に印をつけるのではなく、プリントアウトした紙の上で行ってください。これは製造工程でのサンプルの確認作業に似ており、随所で実施すべきです。小説は最終的に紙に印刷されるのですから、それに近い状態を再現するのです。本と同じ字組みにし、もちろん縦書きで印刷します。全文について行う必要はありません。仕上がりが気になるページや段落のみ、プリントアウトして確かめましょう。

形容詞も突き詰めた表現であるべきです。「美しい」の他に「見目麗しい」とか「奥ゆかしい」とか、「綺麗な」「端整な」「艶やかな」など、状況に応じて最適な形容詞を使い分けましょう。

台詞を多用しすぎている場合は、地の文で表現することを考えましょう。「あいつは外国人だな」「外国人？」のように、尋ね返す台詞が頻出していませんか。台詞が続く場合、ふたりが交互に喋り合っていないと、どちらがどちらの台詞か分からなくなるため、無理にでも発言を応酬させようとし、安易に尋ね返させてしまうことがあります。尋ね返す会話が多すぎると、読者が陳腐に感じます。

デビュー作を書いた時、推敲はスムーズに行えましたか。前半の推敲の影響を受け、後半にも大幅な直しが出たようなら、今回は章を書き終えるごとに推敲しましょう。「せっかく書いた文章」を削ることに躊躇しないでください。不要な表現を削除することとは、後退ではなく前進です。作品が着実に完成へと向かっていることを意味します。

削除が積極的に行えるようになれば文章力自体も向上します。

二作目で売れるための心構え

『想造』とあらすじ、原稿執筆の各段階において、デビュー作以上に苦労するかもしれません。今度こそ売れなければという気負いが、かえって能力の発揮を妨げることもあります。

そんな時にはよく考えてみましょう。貴方は商業出版を果たし、作家としてデビューしたのです。不可能に思えたことが可能になりました。貴方にとって最高に夢中になれる『想造』は、貴方と感性を等しくする読者の脳内で、素晴らしい物語に生まれ変わります。一度や二度、出版した作品が売れなかったとしても、それはただの運でしかありません。挑戦は何度でも行えます。小説の完成度も上がっていきます。ついには運に左右されないレベルで、確実に人の心を動かす作品を生みだすことでしょう。

いったんベストセラーを記録し、世間の信頼を得れば、貴方の既刊本も注目されます。かつて売れなかったデビュー作も無駄には終わりません。すべての著作が貴方のブランドとして認められるようになるのです。

出版社向けにも営業をかけておきましょう。編集者には「二作目ができたら見てください」と伝えておきます。今回も編集者は「あらすじを先に見せてください」と言ってきますが、あらすじを作るふりをしながら、原稿を書き上げてしまいます。

デビュー作が売れなかったとしても、編集者は小説家の腕を評価しているのですから、二作目の完成原稿は喜んで受けとってくれます。むろん編集者も、今度はなんとしても売ろうとします。このため作中のいくつかの要素を流行に沿うよう、書き直しを頼んでくる可能性が高いです。細部までよく話し合って方針を決めましょう。

と同時に編集者に対し、社内の文芸の別セクションにいる編集者を紹介してくれるよう頼みます。特に文芸雑誌の編集者と知り合っておきます。

現在は小説の連載にあまり旨味はなく、報酬が安いうえに仕事が長期に渡り、単行本化がずいぶん先になってしまいます。なによりまだ売れていない作家には、連載の依頼もなかなか来ません。文芸雑誌の編集者と知り合うのは、そちらのほうが他社の編集者を紹介してもらいやすいからです。「誰か新人作家はいないかな」と探している編集者が思い当たると、橋渡しをしてくれたりもします。もっとも先方にひと言かけたうえで、メールアドレスを教えてくれるぐらいですが、それで充分です。小説を売り込める編集者は絶えず増やしておきましょう。

デビュー作を出版した編集部に対しては、映画やドラマのノベライゼーションに関し、仕事を受ける旨を伝えておいてください。

映画の小説化は、原作のない映画について出版社から配給会社に持ちかけるか、あるいは配給会社から出版社に企画を相談するかして刊行が決まります。監督や脚本家が自分で書きたいと申し出ることもありますが、そうでなければまだ売れていない小説家に機会がまわってきます。

場合によっては、すでに名のある小説家がノベライズを手がけることもあります。しかしそれはプロデューサーが知り合いの有名作家に頼むなどしたうえ、作家の側も報酬額を度外視して引き受けるなど、やや特殊な経緯をたどって成立します。有名作家が特定の映像作品のファンで、みずからノベライズ企画を持ちかけた例もあります。通常ノベライゼーションは映像作品の関連商品的な扱いなので、編集部は書き手を重視しません。原稿が買い取りで印税のつかない契約も、ノベライズに限っては免れないことがあります。印税契約を結んだとしても、小説家が無名の場合、印税率が2%や3%と著しく低くなります。

それでも自分の小説を執筆する合間に、ノベライゼーションの仕事を受けておきましょう。異なる読者層に認知してもらえるチャンスです。読者が「ノベライズとは思えないクオリティだな」と関心を持ってくれれば、同じ著者名の本を手にとってくれる可能性が生じます。特にノベライズした作品の内容が、デビュー作の小説に近い方向性の場合は有効です。映画が大きくヒットした時には、おおいに恩恵を受けられます。

売れない時の心のあり方

二作、三作と売れなくても、めげずに少しずつジャンルを変えながら挑戦を続けてください。読者の琴線に触れるポイントを探すためには、同一のジャンルに固執するよりは、多少目先が変わった作品を発表するべきかもしれません。小説自体は『想造』により独自性を追求できているのですから、マーケティングに基づく本のパッケージングについては、編集者の知恵を借りましょう。ある特定のジャンルの小説を書くよう編集者が勧めてきたら、試してみるのもひとつの手です。それらしい登場人物と舞台を用意し『想造』で物語を醸成しましょう。

「今や書きたい人は多いけど、読みたい人がいない」という声が出版業界で上がることがあります。小説家志望が増える一方、読者はごく少数という意味でしょう。しかしそれは小説に限らず、どの業界でも同じです。歌手になりたい人は大勢いますが、新人ばかりが集まってコンサートを開いても、客席より舞台上の人数のほうが多くなります。コンビニでは毎日、売れ残りのおにぎりや弁当が廃棄され、全国で一日数百トンに及びます。出版しただけでは読まれる保証がないのは当たり前のことです。

「どうして売れないんだろう」と悩み過ぎてしまうと、「そもそも小説なんて、人にとっての必需品ではない」との極論に走ってしまいます。衣食住と違い、趣味の読書は生活にどうしても必要な行為ではないから、需要を喚起できない。そんなふうに思いがちです。

しかしそれは事実に反しています。人はフィクションに接することにより、多様性に満ちた人生を送れるのです。いちどきりの人生、誰もが生まれたようにしか生きられない中で、あらゆるキャラクターの人生を疑似体験させてくれる、それが物語の醍醐味です。「虚しい妄想や錯覚にすぎない」「腹の足しにもならない」と思うようなら、フィクションの力を忘れてしまっています。世のベストセラー小説を、人々はなぜこぞって買うのでしょう。お金を払ってでも体験したいものが、そこにあるのです。

貴方による『想造』は、貴方と感性を等しくする読者にとって、待ちに待った物語と言えます。今はその巡り合わせの時が訪れる寸前にすぎません。あきらめず継続してください。貴方の空想は何より楽しいと、貴方自身が分かっているはずです。だから確実に他の誰かにも嵌まります。読者は貴方の『想造』を必要としています。貴方の小説はその人たちに求められているのです。

新人賞受賞後に失敗しないために

新人賞を受賞してデビューを果たした場合、ひとまず成功と言えるスタートを切ったことになります。

かつては短編の新人賞も少なからずあったのですが、現在の新人賞公募は長編ばかりです。そのまま書籍として売れる小説が求められているからです。

ただし「新人作家ばかりのアンソロジーは売れない」から文芸が斜陽化しているという声は正しくありません。これは今に始まったことではありません。無名の俳優ばかりが出演する映画がヒットしづらいのと同じです。

新人賞をとっても儲からないなどと言われますが、一般的なデビューと同様、作品によりけりです。新人賞は営業にも力を入れてもらえますし、内容が伴っていれば早い段階でベストセラーにもなりえます。

　しかし新人賞受賞作が刊行されると言っても、それだけで高収入にはなりません。「受賞作を発売した場合の報酬は賞金に込みで、別途支払われるわけではない」と説明されることがあります。ならば募集要項に書いておくべきではないかと思えますが、発売に際し賞金と別に印税を払う場合は「出版に際しては規定の印税が支払われる」と募集要項に記載があるのが普通で、それがなければ賞金に込みと考えるべきです。このあたりを事前に知らなければ、やや納得がいかない気分になるでしょう。実は「原稿が買いとりで印税はつかない」契約だったと知らされ、ショックを受けるかもしれません。

　出版契約書を交わすのは事後でも、契約書の雛形をもらい、項目内容をチェックしましょう。どうしても腑に落ちなければ編集者と話し合います。前章で解説した編集者の話術に留意しながら、冷静に協議してください。案外、受賞者と編集者間の話し合いにより円満に解決し、次回以降の募集要項が改訂された例もあります。「がめつい態度をしめせば敬遠されるのではないか」などと萎縮しないでください。「お金の問題についてははっきりさせておきたい」と申し入れるべきです。

授賞式に招かれた時には、パーティーの会場で控え目な態度をとりましょう。最も注意すべきは、自己基準で他者を評価する物言いをしないことです。パーティーのスピーチで「○○社さんは私が思う最も優れた出版社」などと発言すると、思い上がっているように受けとられます。受賞者にしてみれば「自分は作家なのだから、一人称で思いのまま伝えることを求められている」との意向かもしれませんが、スピーチは著作物と異なります。作家であっても曖昧に留めた発言はむしろ歓迎されます。

「新人賞受賞作が出版された時」と「賞公募とは無関係のデビュー作が評判を読んだ時」は、それぞれの作家がほぼ同じスタートラインに立ったと言えるでしょう。どちらも恵まれたデビューを果たしたと言えます。「有名小説投稿サイトで一位になりデビューが決まった時」も、一位はさすがに注目度が高く、すでに大勢のファンがついているため、新人賞受賞作の出版かそれ以上の好発進でしょう。

この時点ではすでに二作目の執筆が進んでいるべきです。自著のヒットをまのあたりにし、高評価を満喫してから次の作品にとりかかるのでは、刊行の合間がずいぶん開いてしまいます。デビュー作が話題になっているうちに、編集者に二作目を読ませられると、印税率アップの交渉もうまくいきます。初版部数も多めにしてもらえます。

ところが注目度が高かったはずの処女作が、蓋を開けてみるとあまり売れ行きが伸びないことがあります。二作目の企画が暗礁に乗り上げたり、出版されてもまた売れなかったりします。そういう時にはこの章の前半を参考にしてください。やや遅れが生じようと、上昇気流には必ず乗る時が来ます。

売れたら法人化するべきなのか

逆にデビュー作がベストセラーとなり、印税がどんどん入ってくる場合、二作目に取りかかる気にならないかもしれません。しかし一作の小説の売り上げは必ずフェードアウトしていきます。収入がかなりの額に上ったのなら、翌年度の所得税と地方税が高くなります。確定申告を自分で行っていたのでは、二作目の執筆に注力できません。したがって初年度であっても例外的に、収入の一部を税理士との契約にまわします。自身は二作目を書くことで、翌年の納税時にも新たな収入が得られるようにしておきましょう。

貴方が数字に強く、確定申告書の作成に喜びを感じるのなら別ですが、通常はすべての労力を執筆に傾けたいと思うはずです。税理士は面倒な確定申告を代行してくれます。経費についても正しく算出してもらえます。

小説家は個人事業主であるため、経費と生活費の線引きに甘えが生じがちです。仕入れや在庫のような仕訳がなく、帳簿の作成に簿記の知識も必要ありません。このため自分で経費を水増しし放題と錯覚することがあります。自宅で執筆しているからといって、光熱費の全額を仕事場の経費にはできません。自宅のうち仕事場として用いる容積や時間の割合を算出し、その分を経費とします。

旅費交通費が経費になりうるため、新人小説家は「取材名目ならあらゆる旅行が経費にできる」と考えがちです。しかし確定申告後、税務署から説明を求められた時、その年の十二月三十一日までに発売した小説が、取材旅行なくしては書けない内容であればこそ、旅費が経費として認められるのです。旅行先の地名が出てくるだけだったり、ガイドブックを見れば書けるていどの内容だったりすると、申告漏れを指摘されてしまうかもしれません。

こういった納税にまつわる諸問題について、税理士なら的確に判断します。ネットで検索し、近場の税理士を探しましょう。月額一万円、確定申告時には二万円ほどで、あらゆる計算を引き受けてくれます。すでにデビュー作が話題になったぐらいの小説家であれば、問題なく税理士に報酬を払えるでしょう。これによって小説家が得られる時間的メリットは、支払った金額の比ではありません。

デビュー作がベストセラーになると、「節税のため法人化すべき」と思うかもしれません。儲かった作家は法人化すれば節税になると、どこかで聞いたからでしょう。これについても税理士の説明をよく聞いてください。

法人にすれば何でも経費にできるというのは誤りです。例えば家族を役員にしても、賞与は経費になりません。雇用する従業員がいる場合は、社会保険の加入が必須なため、給与と保険料を合わせた人件費の負担が大きくなります。記帳や申告事務も個人だった時に比べ、かなり煩雑化するため、節税分をはるかに超える労働を迫られたりします。

「法人にすれば怖いものなし」と誤解している個人事業主が、収入を好きなように際限なく浪費してしまう事態はよく生じます。しかし社会的に見れば、社用口座からの引き落としは社長への貸付にあたります。事実として税務調査の厳しさは、法人化しても個人だった頃と変わりません。

法人税が下がってきたことや、給与所得控除の限度額の設定などにより、以前よりも法人を設立する税務上のメリットは失われつつあります。法人を作るよりも、所得税の平均課税を使った方が、税金が安くなる場合も見られます。

この段階に至った小説家は、すでに作家協会に入っていると思いますが、新人作家の立場からすると、むやみに協会を頼るのは気が引けます。実は小説家のトラブル回避に最も役立つのは、顧問弁護士との契約です。知的財産に詳しい弁護士をネットで探し、月三万円から五万円で顧問契約を結びます。高いと感じるかどうかは人それぞれですが、これもトラブルに陥らないための保険と考えれば、出費する価値があるかもしれません。

顧問弁護士は主に、契約書の内容について詳細にチェックし、適切な助言をくれます。契約書の改訂も、弁護士にそう勧められたと伝えればスムーズにいきます。また貴方がミステリー作家であれば、顧問弁護士は法律の解釈や裁判の仕組みなどについて、専門知識を提供してくれます。

ただし顧問弁護士と契約したからといって「もうこれで怖いものなし」「出版社との争いも辞さない」という態度は控えましょう。事あるごとに内容証明郵便を送りつけようとするのは、自分にとって大きなマイナスです。版元にも法務部があるため、最悪の場合は裁判沙汰になります。日本では訴訟を回避する傾向があるため、揉めごとになった時点で、周囲は尋常ならざる事態ととらえます。業界内における作家の評判に影響しますから、常に慎重に立ち回りましょう。顧問弁護士との契約は、あくまでトラブルを事前に回避するために結びます。

売れた作家が気をつけるべきこと

ヒット作はシリーズ化が好まれます。続編は軽薄なものだと一蹴せず、二作目にも同じ主人公を続投させる案を是非検討してください。一本か二本のシリーズを持つことは、専業作家として力になるばかりでなく、読者にも喜ばれます。シリーズのコアな支持者を得れば、収入の安定にもつながります。シリーズでなくとも二作目はまったく毛色の違う作品ではなく、一作目の読者に引き続き読まれやすいジャンルにしておくことが、ビジネス上はプラスになります。商売優先で書くというより、ラインナップを発表する順番の問題です。三作目、四作目には大きな変化が喜ばれる場合もあります。長いスパンで考える販売戦略は、自分が読者だったらどう感じるかという見方で分析してください。

二作目を編集者に読んでもらうためにも、けっして羽目を外さず、普段から感謝の念を示しておきましょう。ただしお中元やお歳暮を贈る必要はありません。版元が欲しがっているのは貴方の次の原稿です。それも一作目以上の出来映えの傑作に限るというのが、編集者の本音です。

デビュー作が売れだしても、人気に甘んずることなく執筆を進めていると、編集者も小説家をサポートすべく、さまざまな提案をして来ます。新聞や雑誌のインタビュー、書店サイン会、書店めぐりやサイン本作りです。

このうち「書店めぐり」は、文字通り編集者とともに、東京や大阪など大都市の大型書店をまわり、文芸担当の書店員に挨拶する活動です。演歌歌手とマネージャーが、演歌専門のCDショップをめぐるのに似ています。たいていは店舗の雑然としたバックヤードで、販売台に並べるためのサイン本を作ることになります。色紙に店舗名入りのサインを求められますが、これは店内に掲示されます。

「処女作が評判になったのにドサ回りか」などと不満な態度を示すのは厳禁です。これはかなり大御所の作家でも行うキャンペーンであり、書店員と親しくすることで、以後の著者の作品について扱いが良くなります。本屋大賞に推薦してくれたり、手作りPOPを工夫してくれたりすることもあります。そもそも売れる見込みがまるでなければ、書店もサイン本など求めません。サインの入った本は書店の買い取りとなり、取次に返品できないからです。

このように出向いた書店で、出版社が作った販促用のPOPが立っていなかったり、組み立て式の販促台を展開していなかったりすることに、小説家が気づく場合があります。そういう時にはやんわりと使用してくれるよう頼んでおきます。出版社の書店向け営業スタッフも、それらを使うよう頼んでいるはずですが、まだ実施されていない状況です。わざわざ訪問してサイン本を作った作家が頼めば効果的です。たいていPOPと販促台にもサインを求められますが、ラッピングされたサイン本とともに、確実に店内に陳列されます。

大型書店に配本されるサイン本を、事前にまとめて作る場合もあります。場所はたいてい出版社の会議室です。千冊や二千冊という途方もない分量になる時もあります。もちろんサインする作業は一日がかりです。それぞれの書店で初週のランキングを上げる効果がありますが、早い段階でサインのない本の売れ行きにまで波及しないと、サイン本が捌けた時点で売り上げが停滞してしまいます。

むろん小説家はサイン本を売るためだけに、こうした苦労を買って出ているわけではありません。初動のみに留まらない長期的なヒットを生むための努力です。

新聞や雑誌のインタビューは、特に新人のうちは出版社側から売り込んでいる場合が少なくありません。そういう場合も、編集者は「取材の依頼が入りました」と言ってくるだけなので、小説家は事情を知らなかったりします。しかし記者は「取材してくれるようお願いされて取材に来ている」のかもしれず、したがってここでも小説家は横柄な態度をとってはなりません。他の作家や著作に対する批判も控えましょう。自分の作品についてのみ簡潔に語るべきです。

インタビューの意義について小説家の胸中には、SNSと同様の疑問が生じます。すなわち小説とは「すべてを言葉で綴った作品」なのですが、それについてさらに「言葉で説明」することへの当惑です。しかしそれでも、世間が関心を持つとの見込みから取材が成立しているのですから、著者として誠実に応じましょう。「本を読めば分かるじゃないか」と思えるような質問に対しても、分かるように話してください。貴方の書いた本について、最も簡潔に説明できる人は、貴方以外にはいません。

小説家が身を滅ぼすあれこれ

二作目、三作目の売り上げも好調だった場合、順調に有名作家への道を歩みだしたと言えるでしょう。この段階にもいくつかの注意点があります。

「書けばお金になる」ことが、しだいに当たり前になってきます。二か月あれば一冊書ける、なら発売の翌月には初版印税が〇百万円入ってくる、などと考えるようになります。これは「取らぬ狸の皮算用」ではなく、実際にもう出版できて当然の有名作家になっているため、収入は確定していると言っていいでしょう。このため「出版社に前借りしても構わないのでは」と考える作家が出てきます。

人によってはまったく理解不能な思考です。きちんと仕事をして、しばらく待てば収入を得られるのだから、何かにお金を遣うにしても、それからにすればよいでしょう。けれども欲求を抑えることができない、または周囲に諭してくれる理解者がいないと、小説家は編集者に前借りを頼むようになります。

頼まれた編集者は経理に相談します。小説家の出した本に一定の売り上げが見込めるのなら、前借りを了承する場合も少なからずあります。編集者にしてみれば、一定額を貸し付けたも同然の状況であり、小説家を他社へ逃がすことなく、必ず次の作品をせしめられるというメリットがあります。小説家が作品を書かなかったり、書いても駄作だったりするリスクはありますが、そうならない可能性が高い場合に前借りは成立します。

前借りをする作家の心理は、借金をする人と共通しています。まず文無しではなく、あるていど稼ぎに自信があるため、働けば返せると思いこんでいます。普段からカードローンやクレジットカードの借入限度額を、自分の使える金額だと錯覚する傾向があり、出版社からの見込み印税もそれと同種とみなします。見栄っ張りも災いします。ベストセラー作家は一流品を身につけているべきとか、高いマンションを買うべきと信じているため、出世払いの感覚で前借りに手を出してしまいます。いわゆる買い物依存症の浪費家も危険です。

しかしどれだけ小説の評判がよく、確実に売れる見込みがあったとしても、出版社への前借りはやめましょう。編集部の裁量でお金を工面してくれても、社内の経理が快く思っているはずがありません。今後、同じ力量の作家が出てきた場合、前借りをしたことがない人のほうが重宝がられます。すなわち前借りをした作家は徐々に干されます。

編集者に接待されるのを好む小説家もいます。特に中高年のベストセラー作家に多く、文壇とは出版社の金で酒が振る舞われる世界と信じて疑わない人たちです。

しかし編集者はだんだん若くなっており、酒による接待を苦痛に感じ始めています。酔っ払った「作家先生」の機嫌をうかがうこと自体、時間の無駄ではないかと疑問に思う編集者も増えています。出版社が交際費を認めないケースが増えるとともに、有名作家であっても次回作が売れるとは限らないことや、酒の席での約束は反故にされる可能性が高いことなどが、接待の減少につながっています。今やそういう接待は、その方法でしか作家をつなぎとめられない編集者と、酒を奢られるのが好きな作家の間でのみ成り立つ儀式となりつつあります。

アルコールが入っている間は、小説家も仕事ができません。飲酒の翌日、酒が抜ければ問題なく執筆できるというのは誤りです。体重六十キロの人が、ワインをグラス二杯飲むと、アルコールが抜け切るまで十一時間かかります。毎日のように仕事終わりに飲酒している作家の小説は、健康な脳の状態で書かれているとは言えません。

「アルコールが入っているからこそ傑作が書ける」という理屈は、「飲酒したほうが頭が冴えて運転が巧くなる」という主張に似ています。実は細部の情報を省略しているため、楽に作業が行えるように錯覚しているだけです。

小説の執筆には、クルマの運転のような危険は伴いませんが、不注意の頻度が増し、物事を深く考えられなくなるという点は共通しています。実は現在、億単位の年収を得る小説家に、酒豪は皆無と言えます。一滴も飲まない作家ばかりがトップクラスに君臨しています。貴方が小説を書くにあたり、完全に酒を断つ必要はありませんが、小説家とは頭脳そのものが唯一の商売道具だと認識しておくべきです。サッカー選手が足のセルフケアを欠かさないように、小説家たるもの常に脳をいたわっておきましょう。

ビジネス拡大のため自腹を切るべきか

銀行の預金額が増えてくると、高額の納税をするよりは、まとまった経費を支出するほうがいいと考え、自前の広告を打とうとする小説家もいます。世の中のあらゆる広告スペースはお金で買えるため、出版社でなく作家本人が行えばよいのではという考え方です。

実は大型書店のウインドウやエントランス脇に貼られるポスターは、書店員の好みで掲示しているのではなく、ひとつずつが広告スペースとして売りだされています。ブッククカバーやレシートに載っている広告も同様です。ワゴンの販売台や店頭のフェアさん、書店側が出版社相手に提供する有料サービスなのです。これらの費用はネットで検索できます。

通常は出版社が売りたい本に対し、宣伝費をかけてこうした展開を行います。しかし小説家は個人事業主であり、自腹を切ってでも広告を広く展開したいと考え始めます。

あるていど儲かった小説家が、より大きな売り上げにつなげるため、自分への投資という感覚で広告費を払おうとするのです。

たしかに広告費は全額が経費となります。出版社側も作家の申し出を了承し、ポスターの印刷代だけは出版社が負担するなど、作家に協力する場合もあります。

個人事業主がよりアプローチしやすいのはインターネット広告です。特にグーグル広告はクレジットカードさえあれば、誰でも簡単に参入できます。あらかじめ出版社側に了解をとったうえで、小説家による出費で広告を出稿するのです。

しかしこれらはあまり良いやり方ではありません。出版社は本を売りだすためのコスト内に宣伝費を計上しています。本来、広告出稿は出版社の役割です。

広告はむやみに打つものではありません。出版社は自社がかけた宣伝コストと売上を比較しながら、詳細に宣伝の対費用効果のデータをとっています。作家みずからが大きな宣伝を打ってしまうと、そのデータを信用すべきかどうか、出版社側が分からなくなってしまいます。

出版社が負担すべきコストを作家側が支払うのは、まるで自費出版に片足を突っこむような行為です。小説家自身が行う宣伝は、自分のＳＮＳやサイト内での告知に留めておくべきでしょう。みずから宣伝費を捻出するより、出版社が宣伝費をかけたくなるような小説を書くことに注力したほうが、小説家の役割として健全です。

翻訳版の海外自費出版サービスに手をだそうとする作家もいます。外国で注目されれば、よりビジネスチャンスが広がると考えてのことでしょう。

しかしこれも小説家がみずから経費を払うことではありません。本物のベストセラーであれば、海外での翻訳版の刊行は自然に成り立ちます。主に専門のエージェント会社を通じ、諸外国の出版社から申し込まれます。貴方のもとには担当編集者がメールで報せてくるのみです。

たいてい台湾の中文版に始まり、韓国、中国、タイなど、アジア各国の発売が多くを占めます。西洋から東洋への文学の翻訳はさかんですが、その逆はそうでもなく、日本の小説が欧米で発売されるのは、アジア圏内ほど頻繁ではありません。

それでもアメリカでの翻訳版の刊行などは、決まる時にはあっさりと決まり、アジアでの発売と同様、編集者が一報をくれます。ライトノベルの場合は、欧米にも日本のアニメファンが多いこともあり、一種の文化として歓迎されています。

エージェントとの手続きは日本の版元が代行してくれます。貴方のやるべきことは、送られてきた海外出版許諾書への署名捺印のみです。もし海外版では修正してほしいと思う箇所があれば、前もって編集者を通じ伝えておきます。日本語に精通した英語圏の翻訳家が、貴方の小説を翻訳してくれます。

海外での販売開始後、翻訳本の数冊が著者献本として送られてきます。元の小説が文庫であっても、諸外国には文庫がないため、中国などアジア各国では四六判サイズの翻訳版になります。アメリカではたいていペーパーバックです。

ネットレビューの真実を知る

好調に数作の発売が続くと、今まで気づかなかった事実に気づきます。例えばネット上のレビューサイトです。レビュー件数は、おおまかにでも本の売り上げに比例していると考えがちですが、それが思いこみにすぎなかったと知ることになります。

アニメやゲームに近い題材を扱った小説、SFやファンタジー小説は、発行部数が少なくてもレビューが増えます。倍の部数が刊行された歴史小説に対し、ファンタジー物のレビュー数は六倍に達していたりします。レビューサイトのユーザーの多くがスマホ世代だったり、パソコンの愛用者でアニメやゲーム好きだったりすることが影響しているようです。ライトノベルは全般的にレビュー数が伸びる傾向があります。

　五つ星の採点機能についても、たくさんの高評価に恵まれている場合、実は発行部数が少なかったりします。文庫で三万部あたりを基準にして、それ以下なら同好の士ばかりが集合し、誰もが賞賛するという現象が起きますが、三万部より上であれば多様な読者が入ってくるため、低評価も交ざってきます。初版十万部の本は、レビュー上ではあまり高評価を得られませんが、売れ行きは好調ですぐに増刷がかかったりします。

　以前のアマゾンではレビューを書かなければ採点できなかったのですが、現在は採点のみを反映させられるようになりました。これによって新刊の採点者数が増加するとともに、評価の平均点も上昇する傾向がみられます。つまり批判的な感想を持つ人のほうがレビューを書くことが多いと考えられます。

　このように本の売り上げや評判の実態は、ネットで可視化された反応との間に、かなりの食い違いが生じます。そもそもレビューサイトはマーケティングの場ではなく、読者が自由な感想を語り合うために存在するので、小説家が情報を拾い上げるのには適していません。実際の売れ行きは編集者に尋ねましょう。アマゾンで採点者数が大きく伸びたため、近々増刷があるのではと考えていると、実際にはまったく売れていないという状況もありえます。

自分が売れたかどうかの基準は、出版社の知る部数の売れ行きではなく、年度末に届く支払調書の合計額にあります。年収が五百万円を超え、翌年以降もそれ以上に稼げる見込みがあるなら、本業を辞め作家一本に絞る選択肢も生じます。

「夢の印税生活」と言いますが、年収五百万円のレベルに達すればすでにお分かりのように、不労所得によって収入が得られるわけではありません。安定した収入はたいていシリーズ物が好調であるか、同一の読者に好まれるジャンルの連続刊行によって支えられています。仕事は休まず、どんどんこなさねばなりません。

仮に一作のみで数百万部の超ベストセラーになった場合も、翌年には収入の半分が税金で徴収されてしまいます。新作を書いていなければ経費の支出もないため、収入額にほぼ丸ごと課税されます。数百万部も売れた本は、たちまち中古市場に出回るため、ほどなく増刷もストップします。一回の大儲けだけに終わり、一発屋のレッテルを貼られてしまうと、次の作品への期待値が大きく下がります。「鉄は熱いうちに打て」の格言通り、最初にベストセラーを記録してから間を置かず、二作目を刊行するべきです。

ただし粗製濫造はしないようにしましょう。初版部数が少なめだからといって、作品点数を増やして収益を上げようとしても、評判が芳しくなければさらに部数を削られるだけです。著者による出版自体が敬遠されるようになってしまうかもしれません。一度や二度、売り上げが伸びないことがあったとしても、引き続き良質な作品づくりを心がけましょう。

文学賞候補になった場合の心得

文学賞候補になったという通知は、担当編集者からなされます。公募新人賞とは違い、すでに刊行されている小説に限定した賞です。選考委員による選考会での選出や、書店員らによる投票、純粋に年間売り上げのトップなど、賞によって基準はさまざまです。

編集者が「主催者に電話番号を教えてよいか」を尋ねてくる場合があります。主催者側が作家に直接電話を入れることが慣例になっている賞では、そのような段取りを経ることになります。受賞か否か、結果も主催者側スタッフが電話で知らせてきます。一喜一憂するよりは、自著がそのレベルで評価されていることを喜ぶべきです。候補になった時点で、その事実が公表されますから、他社からの執筆依頼が増えるなどメリットがあります。

候補になってから受賞の可否が告げられるまで、担当編集者には何の情報もありません。編集者が知り合いの関係者に、やんわりと意向を尋ねたりする場合もありますが、それで下馬評が分かるものでもありません。当然ながら選考委員も曖昧にしか応じないからです。よって小説家はいかに不安であっても、編集者に選考の途中経過を質問するのは避けるべきです。

気をまわした編集者が、受賞作発表の当日、結果はともかく宴の席を用意してくれることがあります。受賞できたら祝賀会となり、落選したら残念会にする方針です。これは編集者の誠意と受けとるべきですが、小説家によっては傷ついたりもするでしょう。

残念会の場合は、同席していた関係者らがひとりまたひとりと退席していき、担当編集者とサシで飲むことになります。候補者の落選が確定した選挙事務所の様相に似ています。惨めさに浸るぐらいならまだよいのですが、下手をすれば口論になる危険があります。編集者は親代わりではありません。落選した場合の慰めなど不要だと思うのであれば、酒の席は断っておくのもよいでしょう。

文学賞を受賞したのに、受賞作以外の本の売り上げが伸びず、収益が上がらないこともありえます。これは公募新人賞の受賞後にも起きがちな状況です。難関を突破し栄誉を手にしたにも拘わらず、仕事に恵まれないという点では、医師や弁護士の資格取得にも似ています。医師や弁護士と同じく、文学賞受賞者も年々増大していくため、肩書きだけでは商売につながらないのです。逆に文学賞とは無縁にベストセラーに恵まれる作家が増えています。

儲かる医師がビジネス戦略に長けているように、小説家も稼げるかどうかは受賞のお墨付きではなく、本書で説明してきたような商業的工夫と、小説づくりの努力に委ねられていると言えます。文学賞そのものは不動の評価であり、作家冥利に尽きる名誉ですが、出版不況の昨今、作家には「ここがロドスだ、ここで跳べ」の信条が求められています。過去の栄誉による箔付けではなく、最新刊こそ最高傑作と言える出来こそが期待されます。

文学賞受賞者に対し、出版各社がこぞって執筆依頼をするのは、受賞者ならではのクオリティの高い作品を望んでいるからです。現代ではもう、受賞者の名を冠した作品なら確実に売れるとは、誰も思っていません。

一流企業は東大卒を採用したがりますが、それは東大卒なら難しい仕事もこなせるだろうと期待するがゆえです。しかし最初に与えた仕事の出来が芳しくなければ、他の新入社員に対する以上に、上司の失望の念も強まります。

文学賞受賞者も、肩書きだけで永久に尊重されると錯覚すると、次刊早々に初版部数の大幅削減の憂き目に遭います。受賞後も変わらず期待に応え続けることで、編集者や読者の信頼を得られるでしょう。

時々は初心に戻ること

小説の売り上げが好調で、もうこれ以上の成長はないと自分で思っていても、数年も経てば新たな文章表現の技巧に気づくものです。専業作家となってシリーズ物を中心に、年に四作から六作を著していれば、年収は上昇していきます。それだけ執筆依頼が来るということは、既刊本の売れ行きが好調であり続けているからです。

その頃にはもう『想造』のために、登場人物の顔写真を必要としなくなります。Ｗｏｒｄ文書の上に氏名と簡単なプロフィールを書いただけで、登場人物たちの葛藤を思い浮かべられるでしょう。しかしそれでも、時々は初心に戻り、デビュー作の執筆前に試みたやり方に立ち返ってみるべきです。自分の成長が反映されるため、そこに新たな発見があったりします。創作は常に試行錯誤、今日は明日のための準備をしているのです。

第四章　映画化やドラマ化への対応

映像化の依頼を受けたら

小説のメディア化は、作品の認知度を上げるための絶好の機会です。映画化やドラマ化、アニメ化は貴方の小説を広く知ってもらうための、最大規模のプロモーションと言えます。

映像化が決まった時点で、原作の売り上げに爆発的な伸びが期待できます。よって小説家のビジネスにおいては大変重要な位置づけとなります。ただし原作が本格的な人気を博しうるかどうかは、映像版の商業的成否に大きく左右されます。映像版による世間一般への認知度の広がりは途方もない反面、原作は映像版と一蓮托生の運命になりがちです。映像版が不出来なため、原作が割を食う結果にならないためにも、映像化の承認や契約は慎重に行う必要があります。

様々なメディアミックス

先に映像化以外のメディア化について説明しておきます。まずコミカライゼーションです。近年コミカライゼーションは極めてハードルが低くなっており、ライトノベルの場合は超人気作でなくとも声がかかります。原作と同じ出版社の漫画雑誌の連載というケースが多いですが、他の出版社から依頼を受けることもあります。いずれにしても出版関係者同士であるため、相互にかなり融通が利きます。コミカライゼーション契約を交わした後も、原作者から要望を伝えたり、監修と呼べるほど干渉したりしても、間に入った編集者がうまく調整してくれます。漫画家とは顔を合わせないのが普通であり、したがって問題もあまり起きません。

大々的に宣伝される映像版と違い、漫画版はそれが人気を博さなかったとしても、原作に及ぶ影響はさほどではありません。一般文芸の場合、漫画版だけが評判を呼ぶ事態はあまりないのですが、ライトノベルなら大いにありえます。ライトノベルは漫画化が成功すると、その後のアニメ化に向け、大きな牽引力になります。

ゲーム化は通常、大規模な映像化が進行するなどの背景があり、マルチメディア化の一環として企画されます。ライトノベルのアニメ化に並行して制作が進むなどのケースです。

開発には一年以上がかかり、費用も膨大なため、儲けを出せる見込みが立っている場合に限られます。やはり編集者から原作者に、依頼があった旨が伝えられますが、この規模のビジネスになると、原作者よりも企業間のやりとりのほうが重要になってきます。すなわち出版社とゲーム会社ですが、ここに広告代理店や映像版の関係各社が加わる場合もあります。

よって出版社側は原作者との間に、委任状に近い契約書を用意します。出版社が原作者に代わって煩雑な取引を行い、原作のブランドに傷がつかないよう目を光らせてくれます。原作者はある意味ずっと蚊帳の外ですが、それでもゲーム開発の過程を知ることができないわけではありません。編集者に頼んで複製資料などを取り寄せられる立場にあります。とはいえ原作者が自由に意見を出せるわけではありません。このあたりは後述の映像化に関する説明を参考にしてください。

舞台化は一般的に、映像化よりはコストがかからないため、実現性が高いと考えられます。ただし映画やドラマと同様、有名俳優が出演する舞台から、無名の劇団員らによる小劇場まで、規模はさまざまです。通常は出版社に問い合わせが来ますが、小説家のＳＮＳがあったり、作家協会の名簿に小説家の連絡先が載っていたりすると、直接連絡が入ったりします。小規模な催しなら了承しても構わないように感じられるでしょうが、そこは安易に同意せず、担当編集者に連絡するよう先方に伝えてください。後々にトラブルを生まないためにも、小説の二次使用についての依頼は出版社を通させるのが原則です。

かつてさかんだった二次使用の依頼と言えば、小説を朗読する視覚障害者用「録音図書」の制作です。ボランティアの手により企画されることが多く、報酬はほとんどありません。現代ではプロのナレーターによるオーディオブックや、電子書籍の読み上げアプリに取って代わられつつあります。

メディア化と呼ぶのには適していないかもしれませんが、受験入試問題の国語の長文読解などに、小説の一部が引用されたりします。これは事前に要請がありません。著者に小説の採用を伝えたら、受験問題の漏洩になってしまうからです。

著作権法第36条第1項において「公表された著作物については、入学試験その他人の学識技能に関する試験又は検定の目的上必要と認められる限度において、当該試験又は検定の問題として複製し、又は公衆送信を行うことができる」と規定されています。ペーパーテストに限らず、インターネットを使った試験も、平成十五年の法改正後は該当するようになりました。

ただし試験問題を掲載した過去問集が市販される場合、こうした法律が適用されません。ですから掲載の可否について、著者のもとに確認を求める要請が来ます。小説家はこの時点で初めて、自分の作品が受験問題に採用されたことを知ります。手続きは極めて簡単です。承諾書が送られてきて、そこに署名捺印します。著作権使用料を振り込んでもらう銀行口座情報も記入します。ゴム印にまとめておくと、それを捺せばすべて済むので便利です。

小説家が原作者と呼ばれる日

映像化の第一報は通常、編集者からなされます。たいていメールで「このような依頼が来ました」と概要を伝えられます。これも出版社ではなく、貴方のもとに直接連絡が来てしまった場合は、担当編集者に連絡をとるよう先方に伝えてください。訳知り顔で制作の内情について聞きだそうとしたり、あわよくば制作に介入しようとしたりすることは、けっして賢明なやり方ではありません。

　映像化依頼の最初の連絡とは、単なる問い合わせにすぎません。プロデューサーが早い段階で権利を押さえておきたいと思い、取り急ぎ電話しただけです。大物作家の場合、新刊が出た当日に、さっそく電話がかかってきたりします。どの大手出版社も映像化契約の経験は豊富であり、編集者もそういう電話に慣れているので、極めて事務的に対応します。編集者はプロデューサーに対し、「御社で企画が固まった場合、企画書など検討できる物を送ってください」などと返事します。

　映像化の問い合わせがあったと聞いても、けっして興奮しないでください。これが貴方にとって初めての映像化依頼であれば、胸が躍るのも無理ありませんが、現段階はまだ問い合わせにすぎません。モデルルームを訪ねた家族が「購入を検討している」と言うのと同じです。冷やかしの可能性もあると理解してください。

　制作会社のプロデューサー（制作者）ではなく、大手配給会社やテレビ局のプロデューサー（製作者）からの連絡だったりすると、実現可能性が高いように思えてきます。現場制作を率いる意味合いが強い「制作者」に対し、「製作者」は出資や作品のリリースなどを握っています。しかしいずれにせよ、まだ彼らが貴方の小説をどれだけ重視しているか分かりません。複数の小説家の原作を映像化の候補にしているかもしれません。すなわちこの段階で、小説家の側にできることは何もありません。編集者に「もっと詳しく先方の意向を聞いてください」と要請するのは無駄なことです。このあたりは文学賞の候補になった時の事情に似ています。

出版社にメディア化専門の部署があったとしても、そこの社員がビジネスを検討するのは、企画がもっと固まってからです。そうした部署は企業間の取引の窓口でしかありません。小説家から事前に、映像化に際しての要望などを伝えることはできません。

小説家として映像化は夢のような話であっても、あくまで映像版の著作者は、その製作者になります。映像版がソフト化された際の印税は、原作者・監督・脚本家に支払われますが、あくまで原作者の著作物は小説であり、映像版ではありません。原作者の権限が百パーセント映像版にまで及ぶと考えるのは誤りです。

問い合わせを受け、企画書が送られてきても、まだ映像化依頼があったことを小説家に知らせない編集者もいます。小説家が映像化を拒絶する場合もあるため、編集者は早期に意向を聞くべきなのですが、小説家が断ることはまずないと判断される時などに、編集者のみで対応します。

特に「製作者」でなく「制作者」からの連絡の場合、まだ制作会社のプロデューサーレベルでの検討にすぎず、映画配給会社やテレビ局に企画を売り込むのはこれからという状況が多いため、編集者は小説家に連絡する段階ではないと判断することがあります。出版社は当然ながら「制作者」より「製作者」を重視します。両方から映像化の依頼があった場合は「製作者」が優先されます。

また法人でなく個人からの依頼は、原則的に受けないとする出版社が大半です。日本ではあまり独立系の個人プロデューサーは見かけませんが、海外には多く存在します。小説の翻訳版が海外出版されている場合などに、映像化依頼を申し込んできます。ハリウッドの映画プロデューサーを名乗りメールを送ってきますが、ハリウッドとはしょせん地名にすぎません。こういう場合も、小説家は海外からの映像化依頼に興奮する可能性が大なので、編集者は冷静に対処します。国際メディア担当部署などの翻訳を通じ、編集者は先方に「企業からの申し込みでないと受けられない」と説明します。

映画化かドラマ化になればベストセラーか

プロデューサーから届く企画書は「企画意図」「あらすじ」「キャスト候補」「監督候

補」などが書かれた数枚程度の物から、画像が複数入った凝った作りの物まで様々です。「キャスト候補」や「監督候補」の欄には有名人の名が連なっていますが、まず全員がオファー前なので鵜呑みにはできません。これも小説家に見せると歓喜してしまう可能性があるため、編集者が手もとに留めておく場合も多くあります。特にライトノベルはアニメ化企画に際し、原作者が制作会社や声優の名に過剰反応するのを防ぐべく、あえて通達しなかったりします。

小説は元々プロモーションの手段が極めて限定されているため、たとえ映像化がさほど大規模でなくとも、何もないよりましと考えがちです。単館上映であっても映画化の帯が巻いてあれば、通常よりは本の売り上げが伸びると期待するでしょう。ところが実態はそうでもありません。

単館上映や衛星放送ドラマ、ＷＥＢドラマなどは低予算ながら、案外有名な俳優が主演を務めていたりします。小規模な製作体制であっても、映像化企画書に載せるキャスト案は、必ずしも絵に描いた餅ではないのです。俳優の事務所も、大手の映画会社や地上波テレビ局とのみ付き合っているのではありません。内容によっては小さな仕事のオファーも受けます。製作側もそれを承知で、主演にはスターをキャスティングしようとします。

ところがいかに有名スターの主演であっても、莫大な宣伝費のかかった全国劇場公開の映画、もしくは地上波全国ネットのテレビドラマでない限り、映像化は原作本の売れ行きにめざましい影響を与えません。単館上映やCS放送での映像化にも拘わらず、原作本がベストセラーになっている場合は、最初から売れていたと考えるべきです。

世間に浸透しないレベルでの映像化なら、原作本が受ける恩恵は、一般に考えられるよりはるかに低く留まります。せいぜい一回の重版程度、それも映像化の帯を巻いて書店に出荷した分を、すべて売り切ることなく終わったりします。映画公開やドラマ放送の期間が終了しても、まだ映像化の帯が巻かれた原作本が書店に置かれているのは、そういう状況を意味します。アニメ化の場合も同様で、知る人の少ないOVAでのリリースだったりすると、効果は極めて限定的です。

つまり映像化により原作本が爆発的人気を獲得するのは、映画やドラマが巨額の宣伝費をかけたり、広告以外のニュースメディアが取り上げたりして、知名度が一気に広がった場合に限ります。原作本への注目度の向上は、映像版の「大量の宣伝」による恩恵を受けているにすぎません。その場合であっても、出版ビジネスにもたらされるメリットは、世間が想像するよりはるかに小さい規模に留まります。全国数百館での映画公開か、地上波全国ネットのドラマ放送でようやく、単行本で十万部、文庫で二十万部ぐらいに達します。

原作本がもっと売れているのなら、それは小説自体の力なのです。映画化あるいはドラマ化と書かれた「帯の効果」のみに限定すれば、本の売り上げへの影響は微々たるものということです。

この事実をよく理解しておきましょう。たとえ映像化が実現しても、ベストセラーが確約されるわけではありません。「そうは言っても映像化がないよりは大きく儲かるだろう」と期待しがちですが、実際に映像化されたものの、文庫で一万部程度の重版のみ、百万円以下の儲けに留まることはざらにあります。文学賞の受賞を機に、出版社は受賞作を重版しますが、必ずしも売れるわけではないのと似ています。

映画が大ヒットした場合、原作本の売り上げが伸びるのは確かです。しかしいかに規模の大きな映画公開やドラマ放送であっても、ヒットしなかった場合には、原作本の売れ行きにも悪影響が生じます。小説の評価がどんなに高かろうが、さかんに宣伝された映像版が商業的に失敗すれば、まさしく「吹いていた風がぱたりと止まる」ように、原作本も売れなくなります。「映像化がないよりまし」などころか、原作者として受けるダメージは相当大きくなります。特に出版社がベストセラーをあてこんで多く増刷していると、大量の在庫を抱えることになってしまいます。それらのほとんどが中古市場に流れ、商業出版としての原作本は、ほぼ死んだも同然の状況と化します。

映像化は小説にとって最大のプロモーションですが、原作本の価値は小説の出来不出来に拘わらず、映像版の商業的成功または失敗に左右されます。小説家にとっては甚だ不本意なことであり、理不尽な状況に思えますが、だからといって映像化自体を無下に断ってしまうのは、せっかくのチャンスを逃すことになります。

このように映像化は、プラスにもマイナスにも働きうるギャンブル的側面があることを理解しておきましょう。貴方自身が現金を賭けるわけでなくとも、ある意味で現金以上に重要な、自分の作品を賭けるのです。それが勝ち馬に化けるかどうかは、映像版の作り手しだいです。勝敗が将来にわたる収入額にも関わってきます。

映像化オプション契約とは

出版社が映像化企画書を吟味し、ビジネスとして進める価値があると判断すると、原作使用に関するオプション契約が交わされます。

これは「今後一定期間、○社（映画会社やテレビ局）に映像化の独占権を与える」とする契約で、まだ映像化が確定したわけではありません。映画化での原作使用料は百万円から二百万円ぐらい、最大でも約四百万円で、もちろん源泉徴収もされます。契約を結んだ時点で半額をもらえます。映像化が成立したら残る半額も支払われます。最初にもらった半額は、たとえ映像化が果たされなかった場合でも返す必要はありません。

原作使用料のうち、小説家に代わって製作側とやりとりしている出版社が、手数料として三割ほどを受け取ります。これは小説家と出版社間の協議で決めることです。

原作者が映像化それ自体から受けとれるお金は、原則的にこのオプション契約時に支払いが約束された、前払い金と後払い金がすべてです。前述した「映画化が興収五十億円以上の大ヒットになったのに、原作者は百万円しかもらっていない」との騒動は、このオプション契約による支払いをめぐるものです。いかにも版元がぼったくりのように吹聴されましたが、事実はまったく違います。映画の興行から歩合をもらいたければ、この時点で編集者にそのように伝え、契約書に盛りこんでくれるよう要請します。

しかし通常は、まだ絵に描いた餅としか思えない段階の映像化企画に対し、歩合の要求をする原作者は稀です。実際のところ原作者が「興行収入から歩合をもらいたい」と言いだした時点で、製作者側が二の足を踏むことは充分に考えられます。原作者が「どうしても譲れない」と強気な態度を示せば、契約自体がご破算になるかもしれません。企画が流れてしまうことを恐れ、原作者は金額がどうあれ、契約を結ぼうとする場合がほとんどです。こうした駆け引きもあってのオプション契約です。締結後に文句を言うものではありません。

映画の興行収入から歩合を受け取れなくとも、DVDやブルーレイ化の際には、印税が原作者・監督・脚本家にそれぞれ支払われます。いわゆる二次使用料です。日本文藝家協会・日本映画監督協会・日本シナリオ作家協会の規約により、著作者は「ソフト本体価格の1・75%×出荷枚数」と「レンタル事業者がメーカーに支払う金額の3・35%」を受け取れます。もちろん仲介する出版社の取り分が差し引かれますが、劇場公開時に映画がヒットしていたり、ドラマ放送時に高視聴率を稼いでいたりすれば、自然にソフトの発行枚数も多くなり、収入の総額が上昇します。動画配信も同じく、人気作なら再生回数も伸び、やはり高収入につながります。テレビでの放映時も同様です。興収五十億円以上のヒットなら、充分すぎるほど儲かっているはずです。映画の興行が成功したので、「映画化」の帯つきの原作本もよく売れます。

金銭面では妥協できても、小説の内容自体はどうでしょうか。原作者としては当然、小説の登場人物や世界観を守りたいと思うはずです。貴方が『想造』から物語を紡ぎだした以上、それぞれの登場人物にあてがった俳優なり、アニメキャラなりの顔が印象に残っているでしょう。「主人公には特定のイメージがある」と主張したくなりますが、たいていの映像化企画は主演俳優（アニメの場合はキャラデザや作画の担当者）について、製作者側が候補を挙げてくるか、すでに内定済みだったりします。監督候補や脚本候補も告げられます。

貴方はそれらの人々にまかせて大丈夫だと思えば、オプション契約を締結します。そうでなければ締結しません。原作者が選べるのはこの二択のみです。「どうしてもこの俳優に演じてもらいたいんです」と力説するのは可能ですが、まず通りません。

製作者側も趣味の同人映画を作ろうとしているのではありません。原作者の理想通りに夢を叶えてくれる神様でもありません。業界のしがらみや複雑な事情が織りなす中、異業種のプロフェッショナルたちの関係をやりくりしながら、巨額の製作費を調達し、成功の保証のない興行に挑もうとしているのです。その偉業を尊重せねばなりません。

「原作者＝地主」の心得

原作者として、自分の小説が映像化されたあかつきには、「ファーストシーンはこんな感じで、こんな音楽が流れて、俳優の○○さんがこういう仕草で登場して……」と、理想の映像版を思い描くのは当然です。そのように製作者側に約束させたくもなるでしょう。けれども映像版の著作者は、あくまで製作者であり、原作者ではありません。映像化において「原作者は地主」です。以下の例え話を心に留めておいてください。

貴方が空き地を耕していると、見知らぬ業者が近づいてきます。「いい土地をお持ちですね、スーパーマーケットを建てましょうよ」と業者が言います。これが映像化のオプション契約です。

地主である貴方は考えます。スーパーなら大きな収入も見込めるでしょう。土地の使用料が入ってくるうえ、地域経済にも貢献できます。ただしどんなスーパーマーケットが建つのか、いささか不安がよぎります。貴方は業者に伝えます。「基本的には了承したいけど、私の意見も汲んでもらいたいんですが」

「もちろんですよ！」業者は目を輝かせながら契約書を差しだしました。「地主様のご意向は最大限に尊重させていただきます。さあここに署名捺印を」

……印鑑を捺したが最後、建ったのはラブホテル。一階のエントランス脇に、お惣菜を売る店が入っているというだけで、スーパーだと言い張られてしまいました。貴方は業者に抗議しますが、もう建ってしまった物はどうしようもないと居直られます。ラブホテルが建ったことで、周辺住民から眉をひそめられ、土地の価格も急落。そんな業者に土地を貸した貴方の評判もがた落ちです。

しかもラブホテルは年中閑古鳥が鳴き、結局倒産の憂き目に遭います。残ったのは価値を失った土地に建った廃墟のみ。もう貴方の土地を使わせてくれという新たな業者は、永遠に現れません。

原作者にとって初めての映像化は、おおむねこんな経緯をたどります。ジャンルは青春ミステリーのはずだったのにオカルトホラーにされた、小学生の主人公が高校生にされた、舞台が西洋から日本に移されたなど、枚挙にいとまがありません。一見、原作に沿った設定に見えても、小説のスピリッツをまるで理解しておらず、極めて不自然な映画ができあがったりもします。プロデューサーが原作小説を映像化したかったのではなく、彼らの作りたい作品は別にあり、それを成立させるために貴方の作品を原作として利用した、その弊害です。

この例え話の通り、貴方の原作がどうあれ、映像化の失敗がすべての可能性を潰してしまいます。いちど映像化に失敗した原作は、よほどの例外的な事例でもない限り、他のプロデューサーは見向きもしません。さらに悪いことに既存の読者までも、作品の価値の失墜を感じ、小説の内容に関係なく離れていってしまうのです。

もちろん貴方の小説をこよなく愛する、コアな読者は応援し続けてくれます。けれども「貴方の土地に建ったままの廃墟」は残ります。映像版の動画配信が継続する間、貴方の小説と同じタイトルを冠した映像版は、駄作の代名詞としてネット上で揶揄されます。「『○○××△△』は本当につまらなかった」というSNSの声は、もはや映像版と原作のどちらを指すのか、第三者には区別できなくなります。ブランドが地に墜ちたことだけは明らかです。

なぜ小説がそこまで巻き添えを食うのでしょうか。理由は映像版の鑑賞者の心理にあります。例えば映画の観客は、常に「脚本がよくできていた」「脚本が下手だった」など、脚本の善し悪しについて言及します。実際には、観客は脚本を読んでいません。巨額の費用をかけた映画の製作に際し、プロデューサーや監督は脚本を吟味したはずであり、それ自体はよく書けている可能性が高いのです。

ところが観客は映画を観賞した以上、台詞もすべて聴いたし物語も把握できたのだから、脚本を読んだも同然と判断します。実際には俳優の演技や、監督の演出に左右された部分もあるはずですが、観客は脚本を理解したと信じます。

原作小説もほぼ同じ扱いを受けます。小説を読んでいない観客にとって、映画を観るのは原作を読むのと同じ感覚なのです。原作の設定が大幅に変えられているならともかく、あらすじを読んだ限りでは共通している、ならば駄作映画の原作も駄作であると決めつけられます。

製作委員会方式への世間の誤解

映像版の著作者は製作者であるため、オプション契約書に明示しないかぎり、原作者の意向が映像に反映される確証はどこにもないと考えるべきです。228頁の図のように、某出版社が仲介した映像化オプション契約書には、第5条「ブランド管理」とあります。

第5条（ブランド管理）

(出版社名)は、本件映画の製作及び利用にあたり、著作者の名誉、信用及び本件原作のイメージを尊重すると共に、許諾先がこれらを毀損しないよう適切に指導及び監督する。

2　(出版社名)は、本件映画の海賊版、模倣品を発見した場合、又は本件映画の著作権侵害の事実を確認した場合には、速やかに著作者に報告すると共に、事後の対応について著作者と協議する。

映像化オプション契約書。第5条1項は原作者にとって重要

しかし制作側がこれをどの程度考慮してくれるかは未知数です。人によって捉え方が変わると言われれば反論の余地もありません。

同契約書の第3条には、原作の内容が変更されることに対し、あらかじめ許諾を求められます。2項により脚本は事前に確認させてもらえますが、原作通りにやることを前提とはしないと明文化されています（229頁の図参照）。

原作のファンはよく「こんなにいじるのならオリジナル作品でやれ」と言います。製作者にとっては、原作があればまず企画書が成立するし、実際に企画も承認されやすいため、原作通りにする気はさらさらない前提ながら、ベストセラー小説を利用しようとします。有名な俳優や監督に声をかけたり、巨額の製作費を調達したりするのにも重宝します。

こうした状況を業界のせいにしたところで何の意味もありません。実際には良心的なプロデューサーもいますし、純粋に原作を映像化したいと願って声をかけてくる場合もあります。「日本の映画やド

第3条（本件映像化の製作及び利用等）

著作者は、本件映画の製作及び利用の過程において、本件原作の内容に変更が加えられることがあることについて予め承諾する。

2 (出版社名)は、本件映画の製作過程において、本件映画の脚本を著作者へ提出し、その意見を聴取し、尊重する。但し、脚本内容の最終決定は(出版社名)又は許諾先が行うものとし、著作者はこの旨予め承諾する。

同じく映像化オプション契約書。尊重はされるが決定権はない

ラマはダメだ」という、世間の偏見にとらわれてはなりません。原作者は映像業界に対し、正しい認識を持つべきです。

例えば「日本映画は製作委員会方式だから駄作になる」という主張をよく耳にします。複数のスポンサーが口出しするので、支離滅裂な映画ができあがると言われます。

しかしこれは事実ではありません。世の映画ファンは誤解しています。複数の企業が製作委員会に名を連ねていても、事実上の製作の権限を持つのは、最も出資額の多い「製作幹事会社」のみです。近年になりクレジットにも「製作幹事」と書かれる場合も出てきました。この製作幹事会社がテレビ局だったりすると、映像メディアの専門企業であることもあり、他の出資各社はもう文句が言えません。実質的に幹事会社テレビ局のプロデューサーへの全権委任状態です。

制作会社や配給会社が出資に参加し、製作委員会に加わっている場合もありますが、舵取りはすべて製作幹事会社が行います。会議

が開かれても、最も多く出資している企業が決定権を握るのは自明の理です。

原作を出版している大手出版社は、製作委員会への誘いを受けますが、昨今ではこれを理由に参加しないケースも増えています。製作幹事でなければ意見を通せず、ヒットしなければ損失を被るだけのため、かえって「原作の版元」の強みのみを盾に主義主張をしたほうが、製作委員会に影響を与えられるという考え方です。

出版社がより多額の出資をし、製作幹事になるというのはどうでしょう。しかしテレビ局は「製作幹事でなければ降りる」と言いだします。宣伝に大きな力を有するテレビ局が製作委員会を去るのは痛手でしかありません。結局はテレビ局の要求を呑むことになります。

つまり映画は製作委員会ではなく、この幹事会社のプロデューサーひとりの意向こそが大きく反映されます。大勢の意見により「船頭多くして船山に上る」のではなく、独裁に近いのです。しかしそのプロデューサーもテレビドラマとは勝手が違い、監督のすべてはコントロールできません。昨今の映画監督は人当たりが穏やかで、こうしたプロデューサーのあしらい方も心得ており、喧嘩せずともうまく自分の世界観を守ります。幹事会社のプロデューサーは事実上、監督の任命権を有していますが、制作に入ったら資金や人材のやりくりに追われるだけです。映画はほとんど監督が好きなように作ります。

製作委員会の各社から、製作幹事のプロデューサーひとりが映画を守り、そのプロデューサーから監督が映画を守る構造です。結局、映画が傑作になるか否かは製作委員会ではなく、監督ひとりの腕に委ねられています。

では原作者は監督に物を言うべきでしょうか。これも好ましくありません。監督は別の著作物たる映像版を手がける、言わばもうひとりの作家です。作家対作家の意見衝突は互いに退かず、双方に甚大な被害を引き起こします。下手をすれば制作それ自体の行方が危ぶまれます。

幹事会社のプロデューサーはこの点を心得ており、監督に代わり、原作者への説明役を買って出ます。出版社が対話する相手も、基本的にこの幹事会社プロデューサー（正式にこのような肩書きがあるわけではなく、現場では単にプロデューサーと呼びます）です。

なおクレジットには「製作総指揮」「エクゼクティブプロデューサー」として名が挙がっている人物がいますが、多くの場合、現場ではなくもっと上の責任者という立場です。撮影に際し、各方面との段取りをつける人物は「ラインプロデューサー」ですが、やはり資金や人事の決定権は幹事会社プロデューサーが握っているため、ラインプロデューサーはそれに従って動くことになります。

映像化オプション契約書に疑問点がある時、小説家に会ってくれるのも幹事会社プロデューサーです。貴方は映像版が彼らの著作物であることを理解したうえで、どうしても譲れないという点のみ、幹事会社プロデューサーに申し入れます。むろん担当編集者らも同席するので、原作者の意見を支持してくれるよう、あらかじめ頼んでおきましょう。プロットや脚本をチェックしたい場合も、この時点でそのように念を押しておきます。プロデューサーが納得したら、それらについて契約書に反映してもらいます。

映像版制作現場との付き合い方

プリプロダクション（正式な制作に入る前の準備段階）は、作品によって進み具合が違いますが、出版業界に慣らされている小説家からすると、たいてい面食らうような速さです。送られてきたプロットにいくつか意見を出し、「細かいところは後から指摘すればいいや」と思っていると、もう脚本の準備稿ができあがってきます。特にテレビドラマの場合、脚本に提言できるチャンスは一回きり、それも早々に行わないと時間的に修正はもう無理と断られます。完成稿はどうせもう修正できないからと、最初から原作者には見せてくれないことも多々あります。

提案もすべて受け入れられるとは限りません。原作者の意見として「映像版ではこうしたほうがいい」と言うと、「いいえ、原作にこう書いてありますから」と変更を断られることさえあります。たとえ原作者の意見であっても「映像化のアイディア」は特に重視されるわけではありません。どうしても譲れない点はやはり、最初から契約書に盛り込んでもらいましょう。

原作者は撮影現場に招かれます。たいてい主演俳優の他、メインキャストが揃っていて、大規模なシーンの撮影時に呼ばれます。スターが目の前にいるので気分が昂揚しますが、ほどなく「誰もがただの人間にすぎない」と慣れてきます。自分の小説が実体化したという感激はあまりないのが普通です。他人すなわち監督の作品だと強く感じるようになります。そうでないなら、むしろ自分の勘違いを疑うべきです。事実として映像版は他者の著作物です。

原作者は歓迎されますが、貴方は「地主」と思われているのを忘れないようにしましょう。すべての発端となった存在であり、尊重はされていても、映像版の制作現場からすると部外者です。監督に挨拶する機会があろうと、やり方に口を挟むのは失礼な行為です。貴方の執筆中に映画監督が書斎を訪ねてきて、貴方の肩越しにパソコンの画面を覗きこみ、小説の出来に文句を言うのと同じです。

ここでも案内役を買って出てくれるのは、幹事会社のプロデューサーです。原作者が会話する映像版の関係者は、基本的に監督でも主演俳優でもなくプロデューサーです。よってアニメのアフレコ現場を訪ね、声優と結婚したいと望んでも、現場でのふたりきりの接触はいっさい不可能と思い知らされます。そうした恋愛沙汰は実質的に、小説家の仕事上の人づきあいとは無関係の場で進みます。

映像版の制作状況に関し、原作者が勝手に公表してはなりません。製作決定の告知自体、マスメディアによる発表を待ちましょう。通常はプロデューサーから編集者を通じ、「○月×日のスポーツ紙の朝刊に載る」などと事前に伝えられます。同日朝のテレビ各局の情報番組で一斉に報道されます。

原作者は初号試写（0号試写）に呼ばれます。ただし観賞できるのは「ピクチャーロック」した後の映画です。ピクチャーロックとは、文字通り「画を施錠する」、つまり画に対してこれ以上変更を行わないことを意味します。原作者が再編集してほしいと望んだところで、もうどうにもなりません。もっと早い段階で見せてほしかったと不満を持つ場合がほとんどですが、やはり自分の著作物ではないため抗議はできません。

もし幸運にも、最初の映像化から原作を尊重した傑作ができあがったのなら、それが例外中の例外であることを肝に銘じましょう。原作の映像化が常にそういうものだと信じてしまうのは危険です。次の映像化依頼に安易に乗った結果、現実が甘くないことを知る羽目になります。

変に原作をいじられるぐらいなら、自分で脚本を書きたいと思う人もおられるでしょう。やりたいと申し出るのは自由ですが、まず担当編集者に相談したうえで、プロデューサーに意向を尋ねましょう。時期はオプション契約を交わす前に限ります。箔が付くからと表面上は歓迎されることもありますが、たいていは難色を示されます。

これは貴方の創作能力が疑問視されているのではありません。脚本家の仕事とは、プロデューサーや監督の意に沿う形に脚本をまとめた後、各方面からの不条理な要求を反映させながらリライトを繰り返す、小説の執筆以上に過酷な仕事です。映画化やドラマ化の依頼が来るほどの小説家になった貴方は、要求の理不尽さを受容できないでしょう。

「原作者が映像版ではこうすべきだと思っているのだから、そのようにするのが最善策だ」と原作者自身は考えがちですが、プロデューサーにとっては迷惑でしかありません。プロデューサーの目には原作者の態度が「子供を手放したがらない親のわがまま」のように映っているでしょう。撮影スケジュールや俳優の都合、予算の問題など、製作サイドにも譲れない都合があるのです。

小説家が脚本を書いている間は、本業の小説に全力を注げません。読者はたとえ貴方が映画化の脚本に関わっていると知っても、小説を疎かにすることを許してはくれません。貴方の作品を待っている読者のためにも、映像版の制作中は、小説の次回作を書き進めるべきです。

映像化が決まった時点で続編を書き、小説をシリーズにしておくと、映像版がリリースされると同時に、シリーズ全巻の売れ行きが伸びます。まとまった収益を上げるのに効果的な方法です。とはいえ映像化に振り回されるのは原作者として本末転倒です。原作と映像版で主人公のイメージが乖離してしまった場合も、原作のキャラクターを崩さずに維持しましょう。映像版がいかに大ヒットしようと、当初からの世界観を維持し続ける貴方をこそ、読者は支持するものです。

第五章　ベストセラー作家になってから気をつけること

ベストセラー作家になった貴方の日常

専業作家として多額の収入をコンスタントに得られるようになりました。今後の貴方は、どんなことに気をつけていけばよいでしょうか。

暮らしぶりは悠々自適です。貴方と同じかそれ以上に稼ぐ社長やタレントはいるでしょうが、彼らは外であくせく働かねばなりません。小説家は一日のスケジュールが自由になります。人によってはわざわざ仕事部屋を借り、そこに通勤する場合もありますが、基本的には自宅で働けます。通勤時間ゼロ分、朝寝坊しても問題は起きません。

編集者との打ち合わせは基本メールで行います。『想造』した物語をパソコンで執筆し、脱稿後はＷｏｒｄファイルをメールに添付し、編集者に送信します。二週間ほどして初校ゲラが宅急便で届きます。一週間で朱字を入れ、同封されていた返信用封筒で返送します。また二週間で今度は再校ゲラが送られてきます。これも朱字で手直しし送り返します。念校はPDFファイルで送信してもらい、パソコン上で確認を済ませます。

ほどなくアマゾンなどネット書店で新刊本の予約受付が始まります。発売日には紙の書籍と同時に、電子書籍もすべての電書ストアで一斉配信されます。全国の書店の棚に本が並び、翌月か翌々月になると、印税が貴方の銀行口座に振り込まれます。貴方はネットバンキングでそれを確認します。

すなわち専業作家になれば、一歩も外に出ずに仕事ができます。編集者が自宅もしくは仕事場に来ることはありません。作家が出版社を訪ねることも、今やほとんどないと言えます。

都内に家が買えるだけの貯金があっても、通勤がないため、わざわざそこに住む理由はありません。郊外に広めの家を買い、高級車に乗る選択肢を有します。電車は乗りません。日中は道路が渋滞するかもしれませんが、小説家は時間が自由なので、夜中に空いている道を走れます。郊外の家とは別に、都内にマンションがあれば、夜のうちにそちらへ移動しておくことで、買い物など用事も難なくこなせます。

一般に個人事業主は、高級な賃貸物件を借りたり、ローンを組んだりする際の審査が厳しいと言われます。しかし貴方がこの水準まで達すれば、もうそんな心配はありません。過去三年から五年の確定申告書を提示すれば、フリーランスであっても何の支障もなく審査をパスできます。クレジットカード審査も同様で、すぐにブラックカードやプラチナカードに昇格できるでしょう。ただしローンなど借入額には常に注意してください。

テレビ出演のオファーがあったら

新聞や雑誌の作家インタビューは、受けるも受けないも自由になります。新人ではないので、特に新刊の売り上げに影響しないと思えるのなら、あえてインタビューで露出する必要もなくなります。

代わりにテレビ出演を依頼されるようになります。基本的には新聞や雑誌と変わらず、新刊についてのインタビューがほとんどです。小説家は文化人扱いなので、地上波全国ネットであってもギャラは三万円から八万円ぐらいです。文化人に衣装は用意されず、服は自前です。軽くメイクをされたり、ピンマイクを胸につけられたり、撮影前にある程度の準備はあります。

ユーチューブの時代では、芸能人でなくとも誰もが映像収録の常識に順応していますが、中には段取りをまったく知らない人もおられるでしょう。テレビでお馴染みの司会者と引き合わされ、雑談を交わしたのちカメラが回ると、司会者がまるで初対面のような態度をとるので、面食らうこともあるかと思います。ついさっきまで司会者と、貴方の新刊について談笑していたのに、収録が始まった直後「こんにちは、初めてお目にかかります。ほう、こちらはどのような本ですか？」と、何の知識もないような質問をしてきます。

普段なにげなく観ているテレビも、出演者はみな台本通りに演技をしているものです。視聴者に伝わる物事がすべてという考え方ですから、司会者と小説家の出会いも本の紹介も、カメラ前であらためて最初から再現することに、誰も違和感を持っていません。小説家である貴方は、ただそういうものだと思って調子を合わせればよいでしょう。

文化人は芸能人ではないため、そうした芝居がかったやりとりが苦手だろうとディレクターが気をまわし、本当に番組内で貴方と共演者を初対面させることがあります。事前には司会者との顔合わせも挨拶もなく、いきなり本番で呼ばれます。そのほうが自然な画《え》になるという判断でしょう。やりとりも本番の成り行きまかせにされることさえあります。貴方はモラルを守り、最低限の受け答えだけをすれば問題ありません。

　インタビュー収録に前後して、ひとりで通路を歩くカットなどの撮影を要求されることもあります。「カメラを見ずに歩いてください」など演技の指導を受けるので、「ドキュメンタリー番組と聞いていたが、やらせではないのか」と疑いを持つ人もおられます。このあたりもユーチューブ世代には何の違和感もないでしょうが、中高年の生真面目な作家などは奇妙に思ったりします。

　ただしこれらは、テレビの収録における常識的な手法ですから、SNSやコラムで「やらせだった」と書かないでください。カメラ前であるていど段取りに沿うことは、テレビ関係者にとって「演出と呼ぶほど大げさなことではない」という認識です。隠し撮りが許されない以上、彼らも貴方の自然なさまを撮影できないのです。放送してほしくないような、ささいな振る舞いを撮られたのでは、貴方も迷惑でしょう。カメラの存在を前提とした段取りは、むしろ気遣いに満ちた配慮と言えます。

　番組スタッフも若い人が多く、総じてカジュアルな服装です。貴方ひとりに対し、特に畏敬の念を示してはくれません。そこも「礼儀を知らないスタッフばかりだ」などと早とちりしないでください。ほとんどの技術スタッフは、芸能人すら見慣れていて、取り立てて感動も表しません。今日のゲストが誰か、スタジオに来るまで知らなかったりします。皆それぞれの仕事を間違いなくこなすことに集中しています。有名作家をゲストに「お迎えする」番組であっても、全員が歓迎の意を示すという慣わしは、技術スタッフにはありません。

テレビのインタビューに限らず、評論家にはなるべくならないようにしましょう。評論は評論のプロがいます。最初から小説家兼評論家をめざしていたのなら構いませんが、その場合は日々勉強を怠らず、常に客観的な視点で語ることを忘れずにいるべきです。小説家の場合、「有名作家たる私が評するからには、素人の感想とは根本的に異なる」などと、驕った態度をとりがちです。しかし小説がいかに素晴らしくても、その著者の発言のすべてに対し、人々が肯定的でなければならない謂れはありません。

専業作家である以上、世に対し思うところがあったとしても論評するより、小説に織りこむようにしましょう。それが小説家の貴方に対し、世間が求めていることです。なお文芸評論家は事情が異なります。まさしく文芸を専門職として生きてきた人の主観は、読書家から興味を持って受けとられるでしょう。ただしその場合であっても、主張のすべては自己責任になります。

貴方の未来

有名作家の貴方が書店でサイン会を催すと、大勢の愛読者が列をなしてくれます。タレントの握手会ではないのですから、時間を惜しまず、ひとりひとりに感謝を伝え、丁寧に受け答えをしましょう。読者が黙っている場合も、貴方のほうから「普段はどんな本をお読みですか」とか「前作はいかがでしたか」など、愛想よく問いかけましょう。実際に貴重な意見を聞けることがあります。時おりサインと一緒に「座右の銘を書いてください」と要請されることがあります。断りたくないのなら事前に考えておきましょう。

確定申告は税理士に任せてあるはずですが、年収一億円を超えると、経費について税務署からさらに細かいチェックが入ります。「新車購入した高級外車を三年で売却しているが、購入時の価格に対し売値が低すぎる」などと指摘を受けます。

税務署員は、中古車の売買適正価格を自分で調べたりはしません。ただ「不自然だな」と思っただけで説明を求めてきます。調べればすぐ分かるようなことでも、証明責任は納税者のほうにあります。こういう場合、買いとった外車ディーラーから資料を提出してもらい、売買適正価格に基づき、正しく算出していることを証明します。納税をきちんと行っておけば、税務署からのどのような問い合わせにも応じられます。税理士と契約している以上、心配はないと思いますが、減価償却費などの計算は常に正確を期しましょう。

出版して長い歳月を経た文庫を、別の出版社で二次文庫化すれば、また一定額の収入が見込めます。元の出版社ともきちんと話し合って、円満に契約を終了し、新たな出版社に権利を移行しましょう。

年を追うごとに知り合いの編集者が増えてきます。メールアドレスを間違わないように気をつけてください。

急ぐ必要はありませんが、愛する人のためにも、財産とともに著作権を誰に譲るのか、遺言で明らかにしておきましょう。正確には著作権の「財産権」の相続になります。顧問弁護士と契約していれば話が早いですが、そうでなくとも弁護士事務所を訪ねれば、相談を受け付けてくれます。弁護士に公正証書遺言を作成してもらい、一緒に公証役場に行きます。原本は公証役場に保管されます。証人ふたりの立ち会いが義務づけられていますが、公証役場で紹介してもらうこともできます。

感謝の念を忘れないようにしましょう。自分にとっての幸運だけでなく、周りのすべてを有り難いと思うようにしましょう。貴方は過去に何か辛い状況があったからこそ、空想にふける習慣ができたのかもしれません。しかしそんな経験自体も今や財産です。おかげで『想造』が可能になり、小説で多くの人々を楽しませ、報酬を受け取れるようになったのですから。

どんなに豊かになり、物質的に恵まれても、貴方の空想はやむはずがありません。もはや貴方は無限のエネルギーをもとに、不滅の製品を作りだす専門職に就いたのです。この職業に定年はありません。やり甲斐があって一生続けられる仕事は、永遠の楽しみと同義です。

このことを忘れないようにしてください。これは貴方の未来の姿です。

「売れる」ために読むべし！――「最強の指南書」に寄せて　吉田大助（ライター）

活字離れ、読書離れが語られるようになってもうどれぐらい経つでしょうか。かつて娯楽の王様だった小説はここ数年で一気に他の娯楽にシェアを奪われ、日々の隙間時間はスマホによって潰されました。受け手を増やすことで、現状を改善しようとするアプローチはとうにやり尽くされています。だとしたら、書き手＝プレイヤーを増やすしかない。競技人口が増えることによってそのジャンルが盛り上がることは、日本におけるバレーボールやサッカー、あるいはYouTuberの受容史からも明らかです。松岡圭祐はそのアプローチを本書において採用し、小説界へのエントリーを人々に呼びかけました。「ベストセラー作家になれば、億万長者になれる！」というメッセージを力強く掲げることによって。

この人が語るからこそ、絵空事ではない説得力が宿ります。なにしろ松岡圭祐は二八歳でのデビュー作『催眠』（一九九七年、小学館）がいきなり一〇〇万部越えのミリオンセラーに。稲垣吾郎主演で実写映画化・連続ドラマ化された同作を皮切りに、綾瀬はるか主演でやはり実写映画化と相成った『万能鑑定士Q』シリーズ（二〇一〇年～二〇二〇年、角川文庫ほか）、『千里眼』シリーズ（一九九九年～二〇〇六年、小学館／小学館文庫　二〇〇七年～二〇〇九年、角川文庫）、地上波ゴールデン帯で連続ドラマ化された『探偵の探偵』シリーズ（二〇一四年～二〇一六年、講談社文庫）……など映像化作品も数多い。近年は『黄砂の籠城』（二〇一七年、講談社文庫）を始め歴史小説にも取り組みつつ――個人的なオススメは、戦下の日独映画界を舞台にした『ヒトラーの試写室』（二〇一七年、角川文庫）、現在は『高校事変』シリーズ（二〇一九年～、角川文庫）を二ヶ月に一作のハイペースで世に送り出している、現役バリバリのベストセラー作家なのですから。

とはいえ横並び上等、出る杭は打つ精神が根深い日本社会において人々は、クリエイターたちの「売れなかった」エピソードは好むものの、いざ「売れた」となれば掌を返します。成功にまつわる事実報告を自慢と受け止め、やっかみを隠さない。特に芸術表現の分野では、カネの話をするのは無粋でなんなら下品、とする傾向もあるでしょう。

だからこそ、本書の存在は貴重です。勇気の書、と言ってしまいたい。

構成は非常に独特です。語り口としては、ベストセラー小説家である著者が、読者である「貴方」に直接語りかけ叱咤激励を施す、コーチング形式が採用されています。全二部構成のうち、「I部　小説家になろう」は初心者でも書ける小説の書き方講座、「II部　億を稼ごう」はプロ作家として第一線を走り続けるための処世術、といったおもむきです。

まず驚かされるのは、I部で披露される著者ならではの創作術です。世の中に、プロの小説家による指南本は数多く存在します。しかし、本書の根幹に据え置かれたアイデアは、正真正銘、類い稀なるオリジナリティを放っている。なにしろ、誰もが初めて聞く単語が混じっているのですから。すなわち――「『想造』せよ！」。

詳しくは本文にあたっていただきたいのですが、ごく簡単にまとめれば、登場人物のキャラ設定をがっちり固めたうえで、キャラ同士の関係性重視の自由連想によって小説（物語）を生み出す、ということになるでしょうか。読めば誰しもがきっと、このやり方ならば自分にも小説が書ける、と心が躍り出すはずです。小説界復興のために「書き手＝プレイヤーを増やす」という著者の思惑は、この一点だけでも実現できている。と言える。

ところが、本書の真骨頂はこの創作術にとどまりません。〈他の小説の指南書とは、かなり内容が違っている〉（「はじめに」より）理由は、Ⅰ部の残りとⅡ部全体の記述にあるのです。

まず、小説を書きあげた「貴方」は出版デビューに向けてどう行動すればいいか、デビュー作刊行が決定したあかつきには出版社の担当編集者とどう付き合ったらいいかが記されていきます。例えば、〈編集者や校閲スタッフの鉛筆による直しを、批判と受けとらないようにしましょう。それらはより良い作品にするための提言です〉。筆者は普段、新人小説家にインタビューする仕事を手がけていますが、このことが最初はわからなかった、不安だったと口にする人は非常に多いです。〈担当編集者は敵でなく味方です〉。この一連の文章に触れておくことで、デビュー後の不安は軽減される、と断言できます。

次に、デビューした後は「売れる」ためにどんな戦略的振る舞いをすればいいか、あるいは「売れない」という事実に直面した際はどんな心得を抱いておくべきか。そして、実際にベストセラー作家となった後はどんな罠や誘惑が待ち構えているのかを、さまざまなケーススタディを挙げてレクチャーしていきます。その過程で、出版業界において広く知られていながらも門外不出となっている慣習が網羅され、さらには実際にベストセラー作家になってみなければ見えない風景、わからない真実が、白日の元に晒されていく。

松岡は日本推理作家協会七〇周年特別企画「嗜好と文化」のインタビュー（二〇一六年二月更新、https://mainichi.jp/sp/shikou/59/01.html）で、次のように語っていました。〈宝くじの高額当選者に対してみずほ銀行（昔の第一勧銀）が作った『その日から読む本』という小冊子を渡して、税金のことなどを教えている。あの作家版みたいなのがあれば本当に助かったと思いますよ。売れてうれしいけど、どの程度羽目を外していいのかわからない。聞けば、翌年にドーンと地方税が来るぞと。そういうのもきちんと教えてくれるような本が必要ですよ。若い作家が江戸川乱歩賞など文学賞を受賞して賞金をもらっても、ワーッと騒いだ後どうなるのか、そのへんをきちんと書いた本がいりますよ〉。その五年越しの実現が、本書です。

先の発言の前後を読むと、松岡自身もベストセラー作家になってすぐの頃は、お金の使い方や映像化・ドラマ化の対応に悩み、右往左往した時期があったようです。であるならば先人としての己の義務は、自身の経験を語るとともに、経験から生じたさまざまな可能性（例えば「異性の編集者に恋心を抱いたら」）をシミュレートしたうえで、記録に残すことにある。これを読めば後世の人間は、未体験ゆえに妄想が膨らんでしまう不安な時間を過ごしたり、創作とは直接関係のない作家としてのサバイバル術に心を砕く必要が軽減される。アマチュアがやりがちな「取らぬ狸の皮算用」も、バッサリ斬っています。人は「考えなくてもいいこと」を考えてしまうから、悩むし時間も奪われてしまうのです。松岡は本書で「ここは考えなくてもいい」と諭し、あるいは実際に「考えなくてもいい」ように、明確な結論を出してくれている。その結果、何が起こるのか？　そう、全ての時間や空想のエネルギーを、創作に回すことができるのです。

ところで、読み進めるうちにリアリティとして胸に積み重なっていくのは、松岡自身が書いているのは「ベストセラー」なのではない、ということです。「面白い小説」を書いたら、それが結果的に「ベストセラー小説」となったのだ、ということ。では、「面白い小説」を書くためには、どうしたらいいか？　その問いに関しては、本書にはっきり答えが書いてあります。『想造』をもとに「貴方」にしか書けない、「貴方」だけの小説を書くことです。

〈人それぞれに個性があり、みな特別な存在です。貴方が『想造』によって紡ぎだした物語は、貴方の性格や経験、知識、嗜好などが結合した、けっして他人には想像しえないものになります。面白くないはずがありません〉

こうしたロジックや、編集者は敵ではないし彼らの言動には必ず何らかの理がある……というくだりに象徴されるように、松岡には極めて大きな人間愛があります。「性善説のリアリスト」と言うべき、この世界に対する書き手のスタンスもまた、本書を通じて学ぶことができる。

ベストセラー作家になるためのノウハウが記されたスリリングかつ実用的な本でありながら、人生についても学ぶことができる。だからこそ本書は、前代未聞の、かつてない「小説指南書」なのです。

二〇二一年二月

松岡圭祐　1968（昭和43）年生まれ。1997（平成9）年に小説家デビュー。『催眠』『千里眼』『ミッキーマウスの憂鬱』『探偵の探偵』『万能鑑定士Q』『高校事変』など人気作を多数執筆。

Ⓢ新潮新書

899

小説家《しょうせつか》になって億《おく》を稼《かせ》ごう

著者　松岡《まつおか》圭祐《けいすけ》

2021年3月20日　発行
2022年3月10日　6刷

発行者　佐藤隆信
発行所　株式会社新潮社
〒162-8711　東京都新宿区矢来町71番地
編集部(03)3266-5430　読者係(03)3266-5111
https://www.shinchosha.co.jp

印刷所　株式会社光邦
製本所　加藤製本株式会社

ISBN978-4-10-610899-0　C0295

価格はカバーに表示してあります。